U0650305

漁港の肉子ちゃん

鱼河岸小店

湖南文艺出版社
HUNAN LITERATURE AND ART PUBLISHING HOUSE

博集天卷
CS-BOOKY

［日］西加奈子 ———— 著　吴曦 ———— 译

图书在版编目（CIP）数据

鱼河岸小店 /（日）西加奈子著；
吴曦译. — 长沙：湖南文艺出版社，2018.1

ISBN 978-7-5404-8353-1

Ⅰ.①鱼… Ⅱ.①西… ②吴… Ⅲ.①长篇小说—日本—现代 Ⅳ.① I313.45

中国版本图书馆 CIP 数据核字（2017）第 256517 号

© 中南博集天卷文化传媒有限公司。本书版权受法律保护。未经权利人许可，任何人不得以任何方式使用本书包括正文、插图、封面、版式等任何部分内容，违者将受到法律制裁。

著作权合同登记号：图字 18-2017-146

渔港の肉子ちゃん（西加奈子著）
GYOKOU NO NIKUKO CHAN
Copyright©2011 by NISHI KANAKO
Original Japanese edition published by Gentosha, Inc., Tokyo, Japan
Simplified Chinese edition is published by arrangement with Gentosha, Inc.
through Discover 21 Inc., Tokyo.

上架建议：日本文学

YUHEAN XIAODIAN
鱼河岸小店

作　　者：	[日]西加奈子
译　　者：	吴　曦
出 版 人：	曾赛丰
责任编辑：	薛　健　刘诗哲
监　　制：	蔡明菲　邢越超
特约策划：	张思北　闫　雪
版权支持：	孙宇航
营销支持：	李　群　张锦涵　姚长杰
版式设计：	李　洁
封面设计：	尚燕平
出版发行：	湖南文艺出版社 （长沙市雨花区东二环一段 508 号　邮编：410014）
网　　址：	www.hnwy.net
印　　刷：	北京天宇万达印刷有限公司
经　　销：	新华书店
开　　本：	880mm×1230mm 1/32
字　　数：	177 千字
印　　张：	9
版　　次：	2018 年 1 月第 1 版
印　　次：	2018 年 1 月第 1 次印刷
书　　号：	ISBN 978-7-5404-8353-1
定　　价：	45.00 元

质量监督电话：010-59096394
团购电话：010-59320018

去爱吧，像不曾受过伤一样

跳舞吧，像没有人欣赏一样

唱歌吧，像没有人聆听一样

工作吧，像不需要钱一样

生活吧，像今天是末日一样

艾佛列德·德索萨
《去爱吧，像不曾受过伤一样》

我的妈妈，人称肉子。

她真正的名字叫菊子，可因为长得胖，大家都叫她肉子。

肉子今年三十八岁，是七月三日出生的 A 型血巨蟹女。同一天出生的名人有搞笑艺人池乃目高 [1] 和汤姆·克鲁斯。她喝醉了总会提起这两个名字，然后一个人放声大笑，弄得我也不知不觉记住了他们俩。

肉子常说："目高和汤姆·克鲁斯，加上我，三个人都是矮子！"

目高是矮个子我有所耳闻。但不知道汤姆·克鲁斯也很矮。肉子身高一百五十一厘米，体重六十七点四公斤。

---

[1]池乃目高，日本演员。

　　"刚巧是休息（一五一）和空虚（六七四）[1] 呢！"

　　肉子就喜欢玩这样的谐音笑话。听别人报手机号码的时候，告诉她学校参观日是哪天的时候都不例外。比如说——

　　"三月四日，刚巧是'干得好'[2] 呢！"

　　有三有四还有六，反倒变得更复杂了。

　　"八八一二，叶片一张儿[3] ！"

　　突然间就用上了中国话。

　　要是提起汉字她就更来劲了。

　　"反犬旁加上'交叉'的'交'，怎么就变成'狡猾'的'狡'了呢！"

　　这么冷的笑话，反而让人头疼。

　　"写作'自大'，怎么就念作'臭'[4] 了呢！"

　　简直不知所云。

　　肉子说起话来，句尾至少要加一个感叹号，严重的时候还能再加几个。住在公寓里的时候，隔壁和楼下的人经常抱怨"吵死人了"。肉子喝醉的时候可是强硬得很，反将一军说"只不过是日

---

[1]"休息"的日文"憩い（いこい）"与"一五一"谐音，"空虚"的日文"空しい（むなしい）"与"六七四"谐音。

[2]"干得好"的日文"さあよろし"与"三四六"谐音。

[3]"叶片一张儿"的日文"葉っぱ一枚アル"与"八八一二"谐音，其中的"アル"与二发音相似，代表儿化音。日本人普遍认为中国人说话结尾会加儿化音，这里是肉子的牵强附会。

[4]日文汉字中的"臭"字下方是个"大"字，而中文汉字中的"臭"字下方是"犬"。

常生活噪声而已！"一直搞得人心惊胆战。

肉子是在关西的平民区出生的，听说她有两个哥哥，可她不怎么提起家人。所以我连自己的外公、外婆和舅舅都没见过。

肉子十六岁就去了大阪，在繁华街的小酒吧上班。

而她现在住在北陆的一个小小渔港。

从大阪的小酒吧到这个渔港，中间的迂回曲折实在是一言难尽。说起肉子的情史，简直是一塌糊涂。

她在难波邂逅的，是个在赌场坐庄的男人。

"他个子高高的，是个深藏不露的男人。"肉子说。我发现肉子嘴里的"深藏不露"，跟"性感"之类的词没有半毛钱关系，直白来讲就是跟干坏事有关系的意思。

但凡肉子评价过"深藏不露……好棒啊！"的艺人，后来总因为东窗事发被捕，这种情况大概有过三次。她说过"唔哇，那个人好帅！"的家伙，往往是贴在公告栏上的通缉令照片，真是让人冷汗直冒。

那个坐庄的男人，某天遭遇挫败，在店里欠了一大笔钱。因为赌场的营业本身就是违法的，所以无论是债务条款还是讨债人的做法都相当过分。

结果肉子成了替债的，坐庄男遁形天涯。听说肉子被逼上绝路，最终靠拼命工作把债都还上了。关于这部分拼命的剧情，爱讲故事的肉子却绝口不提。

我有幸拜见过肉子当时的照片。

实在一言难尽。偏要说的话，那张脸就好像条印度狗，而且还特别胖。照片里她旁边还坐了个女人，因为这女人长得好看，反而让肉子的丑显得更加突出。肉子说这女人是她同事，看了照片也知道，这工作环境看上去可不像是互称同事的地方。

还清了欠款的肉子去了名古屋。曾经工作过的小酒吧老板娘回老家开店，她也跟着去了。二十七岁，浑浑噩噩。

她在名古屋荣地区的小酒吧工作。邂逅的是店里的服务生，一个自称是学生的男人。学生男告诉肉子，他是为了赚取学费才不得已在这里打工的。刚离开大阪的肉子无依无靠，把共鸣和爱情都倾注在他身上。当然了，这些话都是瞎编的。

自称学生的男人就这么赖在肉子家不走了。白天假装去上学，其实都在搓麻将、玩小钢珠，晚上就用从肉子那里榨来的钱去夜总会和风俗店风流快活。

嗯，就是大家口中的渣男。

"他剃了个平头，我还真以为是学生呢！"

难以置信。再说了，平头代表学生，难道不是战前或者学生运动那阵子的事吗？

学生男还趁着肉子上班的时候，把一些蠢女人骗回家里。等到肉子发现的时候，已经换到第八个女人了。肉子把自称学生的男人赶出了家门。最终她还是离开了名古屋。三十岁，惨不忍睹。

肉子接着去的地方是横滨。我不明白肉子为什么总在回避东京，结果，肉子又开始在伊势佐木町的小酒吧工作了。

肉子怀着焕然一新的心情开始努力工作，此时在她面前出现的是一个上班族客人。肉子再次轻易地以貌取人了。

"我看他梳了一个三七分头，还以为是个老实人呢！"

真想知道肉子到底是看什么漫画和电视剧长大的。

就和所有套路一样，那个上班族也是拖家带口的设定。他对肉子说，夫妻关系已经冷淡，等孩子上小学就离婚。当然也是骗人的。

没错，还是个渣男。

某天，上班族跑来向肉子借钱，说自己和妻子离婚了，但是需要支付安抚金。哈哈，都是套路啊。可是肉子是个不会怀疑人的老好人，她从心底相信那个上班族，就把钱借给他了。刚开始是五十万。接着是七十万，后来就不记得了。

不知借了多少次，大概快满三百万的时候，才听说那个上班族又生了一个孩子。肉子气血攻心，冲向那男人家里。可肉子在上班族的家门口，看到玄关停着一辆儿童自行车。心软的她马上扭头离开了。

"因为孩子是没罪的！"

肉子是个温柔的人。不过——

"'目'加'非'，怎么就念'罪'呢！"

所以呢？

她终究还是去了东京。三十三岁，混沌不堪。

来到东京，肉子下定决心再也不要跟坏男人扯上关系了，也不再去小酒吧上班。虽然肉子嘴上是这么说的，但我觉得纯粹是没有店肯雇她而已。

肉子开始在熟食店工作，一转眼又喜欢上了另一个男人。肉子身上大概长着一块能吸引坏男人的磁铁。

这回的男人自称小说家。我现在虽然才十一岁，但已经打心底不相信"自称"这两个字了。可肉子还是老样子，不管那人外表多么可疑，依旧会轻易相信他的话。

"我看他戴了一副眼镜，还以为是真的呢！"

到了这种地步，也只能说佩服了。

自称小说家的男人，姑且算是真打算当个小说家。他总是说着"写不出"，到肉子的店里来发牢骚。一个志愿当小说家的男人跑到熟食店里发牢骚，简直让人烦躁到无以复加。可肉子是个温柔的人，她热心地听他抱怨，最终决定要帮助这个"有着艺术家烦恼"的自称小说家的男人。

果不其然，那男人就赖在肉子家不走了。一页小说都不写，一个劲花着肉子的钱，家里的书越积越多。

所以这又是一个渣男。

不过，那男人似乎是真的喜欢上肉子了。他不像其他男人那样出去玩女人，在我的印象里，那男人几乎从不出门。

于是肉子就格外珍惜那自称小说家的男人。我也不像讨厌其他男人那么讨厌他。最重要的是，我很喜欢那男人买回来的书。

就算是大人才能读懂的书，就算书里都是我不认识的汉字，光是追着一行行文字读下去就很愉快。沉浸在文字中的几个小时，在我不着调的生活中，是一道微小而切实的光芒。

自称小说家的男人，偶尔会一脸满足地看着埋头在书本中的我。不知为何，有生以来我第一次产生了我们三人或许会就这么一直生活下去的想法。

可是，某一天，自称小说家的男人留下一张字条说要回故乡寻死，就离开了。

果然是渣男的套路啊。

这桥段好像在哪本书里看过啊，我大为扫兴。肉子的脸色却彻底变了。对这种戏剧性的发展也会全情投入的人，也就是我家的肉子了。

肉子牵住我稚嫩的手（虽然当时我已经够大了，牵不牵手都无所谓）决心北上，我想她或许是乐在其中，在车里还用巨大的围巾包了个村妇头，这个剧情背景到底设定在哪个时代啊？

只是，肉子脸蛋红红，长着一副福相，丝毫看不出悲壮感，看起来倒像是最大号的俄罗斯套娃。她因为太过担心，没有一刻能坐得住——这份焦躁是真的——可依然无法忍受肚子空空带来的饥饿感，一口气吃了四份列车便当。

"写作'手''旦''心'，读作'担心'呀！[1]"

直接说"担负心灵"之类的不就行了吗？为什么要把字彻底

---

[1]日语原文为"心配"，是拆分成了"心""酉""己"。这里用了中文的"担心"来拆分。

拆散呀？

　　我一边读着自称小说家的男人留下的书，一边看着车窗外流转的景色。当时我八岁。实际上我十分开心，要是自称小说家的男人真的翘辫子了，这本书，这些书全部都会变成我的东西。我这么想着，从心底这么盼望着。

　　就这样，我们在冬天来到了北陆的这个渔港。

　　当时正在下雪。

　　尽管我见过雪，可这种仿佛在土地上扎了根的雪，还是第一次见。我见过的雪，在东京见到的雪，全都摇摇欲坠，一旦触及地面，就会立即消失不见。可这里的雪不同，它们有着明确的意志，与其说是飘落，不如说是直降。它们下定决心要把自己触碰到的一切都染成白色，仿佛在高声呐喊着"我是不会融化的！"。就是如此坚强。

　　我第一次喜欢上了雪。

　　船只在港口晃动，发出"吱吱，吱吱"的叫声。放眼望去，杳无人烟，恍若只有我被世界抛弃了。肉子大概也一样，她一声不吭地看着港口。我心想已经走到尽头了。明明知道本州还有更远的地方，但仍旧觉得这里就是尽头了。

　　结果还是没找到自称小说家的男人。

　　肉子只是根据以前聊过的几句话，便推测自称小说家的男人的故乡是在北陆的这个港口。肉子问遍了整个港口的人那男人的姓名，才明白自己来到了一片毫不相干的土地。她一脸茫然，裹着脸的围巾已经被雪染白。肉子的脸颊红得像是就要从树梢掉落的苹果。这简直就是漫画情节。

当地的人都很友善。有个牵着八岁女孩寻找失踪男人的大号俄罗斯套娃来了，这流言转眼就传遍了整个港口。这是一个非常小的城镇。

肉子与我决定暂且留在这个镇上。

我喜欢这里的大雪、渔港的气味和晃动的船只。而肉子完全无法抗拒港口居民的温柔相待。

肉子花尽存款，委托侦探社去调查。大笔钞票换来的消息，就是自称小说家的男人正在薄野跟另一个女人住在一起。

肉子每次失恋都哭得很凶，发泄她巨大的悲伤。看着这样的肉子，我的脑中就不禁浮现出从未见过的"歌剧"这个词来。那真是宛如戏剧的场面。可是这一回，她只是静静地勾起嘴角。

后来我听肉子说，当时港口的那片风景——从小小的旅馆中望见的雪白而静谧的港口风景，与她的心境太过相似，忍不住笑了起来。

大雪、港口，真厉害。

"写作'雨山'，读作'雪'啊！"

竟然还能把山字横着用。

肉子决定留在这个港口生活。三十五岁，惨不忍睹。

我很开心。自称小说家的男人留下的那些书，那些光芒，全都变成我的东西了。

_2_

肉子在渔港的一家烤肉店工作。

烤肉店名叫"鱼河岸",是一家还算生意兴隆的店。

即便是生活在渔港,也不代表大家只吃鱼。反正也不是会有观光客来的港口,所有人都吃腻了鲜鱼。我和肉子也一样,第一次吃到鲜鱼刺身的时候,都为新鲜的口味感动不已,可每天都吃就变得理所当然,渐渐地也不觉得稀奇了,不禁想:唉,还是想吃肉啊。

肉子和我住在"鱼河岸"背后的小小平房里。平房归老板所有。肉子几乎就成了住宿店员。房租特别便宜,从工资里扣除。录用的唯一条件就是——我和肉子都绝不允许吃坏肚子。哪怕是因为其他原因拉肚子,"鱼河岸"的肉的品质也会被人怀疑。这个镇子太小了,流言立刻就会扩散出去。

我和肉子的肠胃都结实得很，至少这方面能放心。

"鱼河岸"的老板是个七十多岁的老爷爷，名叫佐助。肉子直接把佐助先生叫作老佐。不知从什么时候开始，这个称呼渗透到了所有人之中，可大家的叫法跟肉子的叫法在语调上又不一样。从肉子嘴里蹦出来的"老佐"是在第二个字上略微使劲，可其他人是在第一个字上发力。肉子的语调，充满了大阪腔的风情。

肉子这种走到哪儿都丢不掉大阪印记的顽固劲，我一点都不喜欢。太浅薄了。自己原本就不是大阪出身的人，明明有过那么多恼人的经历，最后连大阪都舍弃了，可不管住在哪儿，依旧会聊起"在大阪时"的故事来。打个比方，她提到山手线就说"相当于大阪的环行线！"，提起横滨驻日韩国人很多的街区，就会说"这不就相当于大阪的鹤桥嘛！"

我就不一样。

我自从来到这里，就会仔细地说当地话。说当地话或许有点夸张，其实女孩子大多只是普通话带点口音而已，简直小菜一碟。反过来讲，男人们说的话就难懂多了。以至于我现在还没能完全听懂老佐说的话。他看到我和肉子用大阪方言对话，便给我起名叫"双语姑娘"。

老佐的妻子在我和肉子来这个镇上的一年前左右就去世了。他们也没有孩子，"鱼河岸"全靠夫妇两人经营。老佐孤身一人，很是绝望，本打算把"鱼河岸"关了，而那时肉子出现了。

　　老佐似乎把肉子当成肉神显灵。

　　自从雇了肉子，"鱼河岸"的生意变得更加红火。肉子夸张的性格就跟大阪方言一样，无论好坏总有一种吸引人的魅力。

　　她来这里之后，都谈过两回恋爱了。那两个人都是渔夫，又是"鱼河岸"的顾客。其中一个债台高筑，去远洋捕鱼之后就杳无音信，另一个其实已经结婚了。

　　那两个人黑如煤球，又是大酒鬼，一看就是到处拈花惹草的家伙。当着我和其他孩子的面，他们也依然自如地大吹自己睡了几个女人，因此老佐十分不待见他们，但也不会阻止他们进店吃饭。渔港看似是个封闭的场所，不知为何又有一种能包容所有人的宽阔胸襟，老佐就是彻底体现这种气质的人。

　　大家都说，不明白肉子究竟喜欢那两个人身上的哪一点。可我因为知道肉子的黑历史，所以十分了解肉子陷入爱河的原因。

　　某一天，已婚男人被他老婆揪着冲进了"鱼河岸"。我当时在家里，不知道究竟发生了什么，不过也多亏我不知道。听老佐说，"那就是教科书级别的'修罗场'[1]啊"。

　　听说肉子被骂成了"睡人家男人的偷腥猪"。这位太太在如此亢奋的情景下，还能看清肉子的外貌，精准地区分出"猫"[2]和"猪"来，真是了不得。我佩服极了。

---

[1]修罗场，指惨烈的战场，在日语中常用来形容多名女子围绕一名男子
　　互相排挤争斗的场面。
[2]日本人常会骂不伦的女子是"偷腥猫"。

　　肉子被骂得狗血淋头，甚至被追着痛殴的时候，也没提过那男人骗自己是单身的。关于这份恩情，那男人还悄悄来谢过肉子。再后来，了解到真相的太太把男人甩了，最后还跟肉子成了闺密。这帮大人，尤其是女人，我真的搞不懂。

　　这可是个吃坏肚子都会有风言风语的小镇，经历了那么惨烈的"修罗场"，肉子一时间成了镇子上的名人。在学校里，我也被戏称为"那个渔港的肉子的女儿"，甚至有人饶有兴致地向我打听"究竟发生过什么"。我当时还以为自己的人生还没到十岁就要宣告终结了，可这场风波不知不觉就平息了。听老佐说，这种花边新闻在这个小镇上比比皆是，大家对"修罗场"这种事早就见怪不怪了。

　　比如某某母亲是某某父亲过去的恋人，又比如昔日的夫妻还在其乐融融地喝酒。这个镇子太小了，流言蜚语传得飞快——总有人在背后指指点点——可终究还是会融化在这个共同体无形的联系之中。对一直在大城市生活的我来说，不太能理解这种感觉。肉子的最终形象似乎成了公认的"跟情夫的老婆和睦相处的开朗胖女人"，就结局而言至少能让人松口气。

　　那个罪魁祸首的男人偶尔也会来"鱼河岸"，肉子也会轻巧地打趣："好久不见啦！"这时候我真的忍不住想问：你真的不是个白痴吗？

　　吸引坏男人的磁铁最近似乎失效了。已经风平浪静了一年左右。这么说来，自从搬来这里，她就不再把男人带回家里了。或许正是因为我快到青春期了，才有所顾虑吧。

肉子变得越来越胖了。我觉得随着脂肪的增加，肉子身体里"女人"的那部分正在逐渐消失。

其实，我还不太明白，所谓"女人"究竟是什么啊。

我经常被人说很可爱。

我有双核桃形状的眼睛，大大的，瞳仁的颜色有点淡。鼻子又小又尖，薄薄的嘴唇泛着淡桃红色。头发并未刻意染过却有些偏棕，又像是烫过一样卷曲着。皮肤像贝壳内面一样透明白皙，手脚修长。身上最粗的部分是手肘和膝盖，这似乎是身体消瘦的表现。我留短发的时候，还经常被误以为是混血的男孩呢。

我在这之前已经辗转去过不少地方，可一次都没被人欺负过。就连被叫作"渔港的肉子的女儿"那段时间也没有被教训过。我也想过，难不成是被自己长得可爱救了？

肉子也会一个劲地夸我。她总是在众人面前自豪地显摆，让我很难为情。

"小喜久真的很可爱吧！"

其实我的名字也读作"KIKUKO"。不过汉字写出来不同。肉子名叫"菊子"而我的名字则写作"喜久子"[1]。在过去住过的城市里，大家都说母女名字念法一样很奇怪。可在这里，几乎没人记得肉子跟我的名字是一样的。

---

[1] "菊子"和"喜久子"的日文假名都是"きくこ"，都读作KIKUKO。

听肉子的口气，仿佛她自打出生就是"肉子"了。

话又说回来，"小喜久"这个称呼我真是受够了。肉子起名的品位太差了。当然她糟糕的品位不仅仅体现在语言方面。

就拿今天肉子这身打扮举例。

松垮垮的 T 恤衫上，印着一张像是山寨贝蒂娃娃的女人脸。外面套着一件荧光色轧印花纹的风衣，下身穿着印了牛仔布纹样的紧身休闲裤，那裤子还十分周到地在屁股的位置印了个破口袋。脚底踩着一双木拖鞋，脑袋上顶着一个大团子发型，脑门前还稀稀疏疏地垂下几根刘海。

故意弄出刘海的过程，十分让人不爽。

她偏要用梳子从已经束成一团的头发里抽出两三缕垂下来。摆弄木梳的肉子哼哧哼哧喘着粗气，占领了洗手间仅有的一点空间。肉子对这故意拨下来的发量自有分寸。可是垂下来的那几缕头发，最后只会蜷曲起来，仿佛虫子的触角。我可完全不懂这种刘海究竟有什么用，只是觉得吐槽她土气都是浪费口舌。

家里还有恐龙脚印形状的拖鞋，一整面印着猫咪肉垫的被子，还有世界国旗花样的睡衣。衣柜上面摆着"能装一百万的存钱罐"，地板上还有一个漏了一半气的百威充气广告人偶。

早晨一睁开眼睛，看见卡通不倒翁图案的被褥，自然是打不起精神来。这种玩意儿究竟是从哪儿买回来的？就好像不断吸引废柴男人一样，肉子会把一切土到掉渣的东西都买回家。

今天早晨她打扮成这副尊容，还打算背一个古装片毛贼才会用的藤蔓花纹背包[1]，被我拼尽全力阻止了。

我从幼儿园大班时候起，就开始自己挑衣服了。虽然那时候的我，脑袋比现在小一整圈，但早已经深深地明白肉子的品位实在不敢恭维。

"小喜久你怎么老喜欢穿些冷冷清清的衣服呀！"

看到我穿的靛青色短裙和简单的白衬衫，肉子露出了诧异的神情。肉子的"诧异"就好像在额头上写了"奇怪"两个字。特别好懂。

"你长得这么可爱，应该穿一圈一圈花边的衣服才更合适呢！"

根本没说过要买，肉子就兴冲冲地给我买来一堆衣服，有粉红色的蕾丝连衣裙，有印满了彩色桃心的外套，真是受不了。

班上也有几个孩子喜欢这类型的衣服。且不论合适不合适，那些细腻的蕾丝边，可爱的格子花纹，的确能吸引大家的注意。就算已经五年级了，毕竟还是孩子嘛。

不过，考虑到人生剧情的发展，我坚决只穿简约风格的衣服。有些设计现在看来很可爱，可到将来就说不定了。经常能看到电视里面有艺人的旧照片被挖出来，成为所有人的笑柄。沦为大家嘲笑的对象，大抵都是因为穿过这种洋装。肉子看电视时也会大笑着说——

"这衣服真是不得了！"

_____

[1]日本传统的小偷形象都是裹着头巾，背着一个绿底藤蔓花纹的包袱。

　　亏你还笑得出来，我心想。何止是过去，肉子现在也随时穿着奇形怪状的衣服呢。

　　我没见过肉子小时候的照片，但我知道她藏在哪儿。我决定永远不去偷看。

_3_

𐂂

放学和真里亚一起回家时，有一群男孩子跟在我们后面。

从我们在鞋柜前换鞋的时候开始，那三个男孩就鬼鬼祟祟地朝我们看。是隔壁班的学生。

"瞧，那几个人在看我们呢。真讨厌。"

真里亚嘴上这么说，但能感觉到她似乎乐在其中。

真里亚的马尾辫上扎着一朵粉红色的头花，连衣裙也搭配成一套，是粉红色圆点图案的。花边袜子之下的皮鞋绑带闪闪发光。我穿着 T 恤衫、米色短裙、白袜子和黑跑鞋。恐怕谁都不会相信我和真里亚是好朋友吧。

"他们是二班的二宫、樱井和松本啦。"

真里亚翻着眼珠盯着男孩们，悄悄跟我咬耳朵。真里亚的头发味道真好闻，甜甜的。

听说真里亚的大家族从过去就是掌管这一带的渔船主。她名字念作玛利亚（MARIA），却是土生土长的日本人，汉字写作"真里亚"。至于为什么会取这么一个名字，去她家看一眼立刻能明白。

真里亚的家就在能够望见渔港的一片小高地上，是一栋突兀的洋馆。从回港的渔船上也能一眼望见这屋子，对被大堆竹荚鱼和鲽鱼所包围的渔夫们来说，雪白墙壁的豪宅散发出一种足够扭曲视觉的震慑力。

"一靠近渔港看到那城堡，就觉得我捞的哪里是竹荚鱼啊，还以为是澳龙或者贻贝呢。"

善治先生就这么对肉子说过。

善治先生是个四十岁左右的渔夫，他的船叫"大和丸"。他总是一本正经地说笑话，有时根本分辨不出他说的究竟是不是笑话。

"澳龙！"

肉子爆发出一阵难以置信的大笑，笑得弯了腰，瘫倒在地板上。善治先生又得意地接着说："我干脆也戴个水手帽好了。"

可这回只换来肉子"呵呵"一笑，反应相当冷淡。似乎只是"澳龙"这个词的发音戳中了她的笑点。当天晚上，肉子就笑嘻嘻地在冰箱的白板上写了"欧龙"两个字。

不过几天之后——

"小喜久，欧龙是什么东西来着！买得到吗？"肉子一脸认真地问我。

"不是欧龙啦,是澳龙,澳洲龙虾。"我回答道。

她果然只是呵呵一笑,反应冷淡。

我从来没吃过澳洲龙虾。而且不只是澳洲龙虾,"肉汁 T 骨牛排"也好,"香草法奇软糖"也好,"北欧大黄派"也好,我全都没吃过。

我特别喜欢外国书里那些见所未见的食物。我总是想象着它们的模样,陶醉其中。它们的模样、香味,我根本无从猜测,我只是喜欢这些食物名称的"念法"。这段陶醉的时间里,我可以把包裹住自己的老土的不倒翁、老土的恐龙脚印、老土的存钱罐,通通忘记。

真里亚肯定吃过澳洲龙虾吧。她说过每年暑假都会和爸爸妈妈一起去海外旅行,据说去年去了意大利。真里亚这个名字是她妈妈为了让外国人也能记住而起的。她妈妈平时穿的不是毕加索画风的连衣裙,就是冰激凌图案的短裙,总是那么标新立异。看来人的品位也会遗传。

真里亚把去意大利旅行的照片带来学校向大家炫耀过一番。她的炫耀方式实在太拙劣了。她专挑出巨大无比的照片,忙不迭地说"没什么大不了的"。我可以清楚地感觉到,原本对真里亚的照片兴奋不已的同学们霎时变得兴味索然。意大利好漂亮,真的好漂亮,可因为真里亚拙劣的自卖自夸,没人再感兴趣,实在可怜。

"你瞧,他们还在跟着。真讨厌。"

"还真是呢。难不成他们是喜欢真里亚吗？"

"哎？讨厌。讨厌死了。"

松本，大概是姓松本来着吧，就是那个戴着绿帽子的男生，前天在走廊上他突然问道："我的鞋子，是什么颜色的？"我回答说："黑的呀。"他说了句"我就知道！"，接着跑走了。

那个叫樱井的瘦长男孩，上个月好像还来过我家这边。是肉子告诉我的。肉子问他有何贵干，他说在这边发现稀罕的贝壳了。一般来说，贝壳是沙滩上到处都有的玩意儿啊。

那个叫二宫的男生，今天还是头次见到。在这每个年级只有两个班的学校里，至今还有我不认识的人，实在不可思议。

"你们别再跟过来了。"真里亚轻飘飘的连衣裙随风摆动。

"啊？哪有跟着你啊！"

"我们上山还有别的事呢！"

松本和樱井似乎都生气了。二宫什么都没说。他是个眼神相当阴暗的孩子。

结果和那三个人一直同路到了踮脚桥那边。踮脚桥其实叫琴井桥。它架在环绕城镇的小河之上，是座红色的桥。不过它早已锈迹斑斑，显得破旧不堪。每次过桥的时候都嘎吱作响，必须小心翼翼踮着脚走过去，所以大家都叫它"踮脚桥"。

小河里游着一些小鱼。我刚在这里落脚时，老佐就告诉我那些鱼在淡水和海水里都能存活，所以千万不能抓来吃。

能同时在淡水和海水里存活的鱼为什么就不能吃呢？虽然我

完全不理解，但老佐的话有着莫名的说服力。总觉得连小镇都没出过的老佐，对我所未见的世界无所不知。是因为他有雪白又气派的胡须吗？还是因为他脸上深深的皱纹呢？

走过踮脚桥，就来到一座平坦的山头。有一条只够一辆车通行的石子路不断延伸向前，那是真里亚家私用的小路。我则是向右转弯，沿着山脚走，往渔港那边去。我家就在渔港旁。所以从我家的位置能看见真里亚家，从真里亚家也能看见我家。

"小喜久的家真是又小又可爱呢。"

我们一向是过了踮脚桥就道别。

"再见啦，真里亚。"

话音刚落，真里亚就叫住了我。

"小喜久，我们再聊一会儿嘛。"

我们的脚步一停下，男生们也一个急刹车。他们中有的在剥桥头那棵大榆树的树皮，有的用脚翻起地上的泥土。

真里亚朝那边瞥了几眼，摆出嘴形不出声地说了句"真讨厌"。我想早点回家，就对她撒了谎。

"我还得回家给鱼河岸帮忙呢。"

真里亚的眼睛瞪得圆圆的。

"是吗？小喜久真了不起呢。"

"才没有啦。"

"不，很了不起哦。我一直都觉得你很厉害。"

"谢谢。"

我摆摆手跑开了，只听男生中有个人"啊"地惊呼。我拼命奔跑，甩开他们。书包发出咔嗒咔嗒的夸张声响。那是个跟踮脚桥一样破烂的红色书包。

"你们几个，都说了别跟过来！"真里亚再次高喊道。

她的喊声在山间回响，经久不息。

过了踮脚桥沿着山脚走一小会儿，就有一间神社。那是一间特别特别古旧的神社，名叫水川神社。鸟居已经腐朽不堪，那段延伸到神社里面的矮石阶，已经是难以形容的坑坑洼洼。神社仿佛一直在向别人强调："我可是大有来头哦。"可大家都把它叫作"色色神社"。因为初中和高中的情侣们晚上都会来这儿做"色色的事情"。

"来给你讲讲我的历史吧。"色色神社开口了。

色色神社是个话痨，一旦被它逮住，非讲到天荒地老。正当我想无视它，径直走开的时候，"吱！"的一声，尖锐的蝉鸣传入耳中。我停下脚步抬头看，树梢的绿意又变浓了一些。刚来到平缓的小路转角，就已经能闻到大海的气味。

夏天来了。

_ 4 _
🐟

　　"鱼河岸"的门上还挂着"准备中"的木牌。

　　营业时间是上午十一点到下午两点，稍事休息，晚上从五点开到十一点。

　　望了望店堂，里面一个人都不在。店里的时钟正指着三点半。罗盘中间是一头笑嘻嘻的牛，它的两条前腿分别是时针和分针。听说这钟是老佐过去从精肉协会拿回来的。

　　看来老佐是回家打盹去了。所以肉子应该也回去睡觉了。

　　绕到"鱼河岸"背后，穿过一条小巷，就到我们的家了，还带个小小的院子，我很喜欢。我们过去住的地方，不是宿舍就是旧公寓，从来都没有院子。

　　没有篱笆也没有院门，不过从水泥地一脚踏进院子，就有一种"回来了"的感觉。这是我的院子，我心想。泥土比我想象的更加松软，散发着香气，总是能让我松一口气。

有什么东西从我面前一闪而过。仔细一瞧，青草晃动的地方有一只小蜥蜴。蜥蜴一天到晚都急匆匆的。

"要迟到了要迟到了要迟到了，虽然根本没和人约什么见面。"

像壁虎那样正大光明地趴着有什么不好呢？偶尔会有小壁虎贴在浴室的窗户上，不管什么时候都一副高冷的表情，显得十分稳重。每当我为了袅袅升起的水汽道歉时，它就会满不在乎地说：

"水汽妨碍不了我。我也没觉得碍事。"

或许是因为它的名字够气派[1]，显得很有威严。

"水汽看得见摸不着。可我没打算去摸它。"

我从四岁起就一个人洗澡了。不过，壁虎、水汽、窗户、洗澡水，都会来和我聊天，我一点都不孤单。我的世界总是热闹非凡。

蜥蜴钻进绣球花的阴影中，跑远了。它的身体闪闪发光，漂亮极了。

绣球花已经枯萎了，本来是蓝紫色的。而现在翠菊取代了绣球花，闪着蓝紫色的光泽。刚搬来这里时，老佐种的矮牵牛花也是蓝紫色的。这是我喜欢的颜色，是夕阳彻底西沉，天空在片刻之后显出的色彩。

我家的房顶也铺了蓝色的瓦片。油漆的外壁上，偶尔会夹杂几根草。

---

[1]日语中的"壁虎"（ヤモリ）写作汉字为"守宫"，喜久子认为它很庄严。

门牌只是一块木板，肉子在上面写了——

见须子菊子喜久子

我们的姓氏读作"MISUJI"。姓和名的最后都有个"子"，还以为是哪里的相声演员的艺名，读来有些奇怪。光看门牌，让人以为有三个女人住在这屋子里。趁还没有被班上的同学取笑，我就主动说了这个笑话。

"看我们家的门牌，还以为有三个女人住在这儿呢！"

大家都拍手笑了，笑够之后就把这事抛之脑后了。我这才松下一口气来。

只有老佐一个人对我俩的姓氏刮目相看。

"板腱 [1] 可是牛身上最金贵的部位啦。"

老佐有时还会把已经不能上桌待客，但却非常高级的"板腱"留给我们吃。老佐烤的"板腱"，真的实在是太好吃了。

"这就叫见须子吃牛板腱……"肉子喜不自胜地说。

听她的口气，好像还有后半句话没说完，可等了好一会儿，也没见肉子再把下句说出来。不过这也是常有的事啦。

就算是真里亚，一定也没吃过这么美味的烤肉吧。

我伸手拉门，门没锁。缓缓拉开门，就已经能听见肉子的鼾

---

[1]日语中的"牛板腱"（ミスジ）与"见须子"读音相同，是牛身上顶级肉质的部位之一。

声。休息时间她总是在睡觉。

我悄悄脱下鞋子，蹑手蹑脚进了屋子。这里有四叠[1]大小的厨房、肉子正酣睡着的六叠起居室和放着我的书桌、书柜与衣橱的六叠房间。真里亚总说这里小，但我还是有生以来第一次住进有两个房间的家呢。

起居室里的时钟嘀嗒作响。这是肉子不知从哪儿带回家的纸板时钟。上面是耳朵缠了绷带的凡·高自画像。好可怕。

肉子背朝着我，正在起居室中熟睡。

"呲咕咿……呲咕咿。"

这是肉子的鼾声。

身穿灰色运动衫的巨大身躯正上下起伏。呲咕咿，呲咕咿。屁股上的口袋还是个粉红色的桃心。呲咕咿，呲咕咿。

我小心翼翼地跨过肉子的身体，以免吵醒她，然后把书包放在书桌上。当啷，金属件碰撞发出响声，肉子没被吵醒。桌上放着一张纸。

"给小喜久，要是该起床的时候你没睡，就叫醒我。"

肉子的留言条经常让人感到一头雾水。过去我也见过好几次这样的留言了。

"给小喜久，我走了。我还会回来的！！"

"给小喜久，一会儿就好。晚上等着看好戏！"

这两张留言条，前者的意思是"我照常去上班，也会照常回来"，

---

[1]叠为日语中的量词，一叠为一片榻榻米的面积，约1.62平方米。

而后者的意思是"我出门买点东西。你就期待着丰盛的晚餐吧"。

还曾经有过打开冰箱时，发现布丁上面放着一张纸"给小喜久，点心在冰箱里"。还有一次，肉子睡得不省人事，便条就放在她肚子上，上面写着"去问隔壁的人，他会告诉你的"。

不过，这样的留言多看几次，慢慢就能明白她想表达的意思。今天这条留言大概是说："到了出勤时间要是我还在睡就把我叫醒。"一般是四点半去"鱼河岸"就行，四点之后再叫醒她也绰绰有余。

我打开书，是读到一半的《弗兰妮与祖伊》[1]。现在刚讲到祖伊和弗兰妮正坐在家里的"睡椅"（睡椅是什么东西，我也没见过）上聊天。虽然我不太明白聊了些什么，但总之祖伊是以他的方式爱着弗兰妮。弗兰妮虽然哭着说"别讲了"，但我明白她是被祖伊深深爱着的。

打开书本的这段时间，不管是我自己的相貌也好，肉子过去的那群男人也好，真里亚煞有介事的话语也好，男生对我幼稚的追求也好，这些全都可以抛在脑后。

我会完全代入主角和登场人物的角色中，沉浸在情节中无法自拔，飘荡在精心编排的词汇之海中，轻飘飘地像是喝醉了。

"咝咕咻……咝咕咻……"

弗兰妮有祖伊在身边真是太好了。

咕——肚子叫了。最近总是这样。不管吃了多少，还是很快就觉得饿。有时还会半夜醒来煮一些面吃，或者把肉子买来的蛋

---

[1]《弗兰妮与祖伊》（Franny and Zooey）是J.D.塞林格所著的短篇小说集，也是他的代表作之一。

糕卷吃掉一半。肉子特别羡慕我。

"小喜久你可真好，不管什么时候吃什么，都不会变胖呀！"

肉子不管什么时候吃什么，都会变胖。

来到厨房，有一个果酱玛珈琳[1]面包。我从冰箱取出牛奶倒进杯中，喝了一口。打开面包口袋时发出了"啪"的一声。

"哈！"

肉子醒了。三点五十五分。

"被——你——找——到——啦！"

肉子从醒来的那瞬间开始，就是活生生的肉子了。

"不用找啦，根本就是放在一眼就能看到的地方嘛。放在点心篮对吧。"

"是呀是呀。因为我想小喜久一定会肚子饿的！刚好吉德超市在搞任选三个面包一百八十日元的促销，我就先买回来放着嘛！"

"吉德超市？那里每天都是任选三个面包一百八十日元啦。"

"咦！是真的吗！？妈妈上当了！"

"还有两个呢？"

"还有两个啊……"

"吃掉了吗？"

"但是我吃的是酸奶奶油面包和葡萄干面包哦！"

"说'但是'也没用。"

我最喜欢果酱玛珈琳面包。玛珈琳特别浓郁，虽然草莓果酱

---

[1]玛珈琳（margarine）即人造奶油。

有点太甜了，但只要和牛奶搭配在一起，我一转眼就能吃完。

"肉子，这个留言的意思是说，假如到去店里的时间还没醒，就让我叫醒你吗？"

"没错！不过妈妈还没等到小喜久叫醒就先起来啦，好厉害，好厉害！"

肉子念叨着好像自己鼾声[1]的话语，站了起来。虽然海拔不够但分量十足，光是站起身就给人一种难以言喻的压迫感。还是说环绕在肉子身边的空气本就让人喘不过气来呢？

肉子在厕所里不知哼着什么歌。她这人真的很热闹。像她那么又说又唱的，也该消耗掉不少卡路里才是，可肉子完全不会变瘦。我以前问过她出生后一直瘦不下来吗，可她说出生时似乎是个早产儿呢。我反正是不相信。

从厕所出来的肉子开始为上班做准备。说是准备，也不过是把乱糟糟的头发束起来而已。也就是那让人郁闷无比的"制造稀疏刘海"的过程。肉子自从不再去夜店工作，就彻底不化妆了。

她胖乎乎的又没有皱纹，皮肤也油亮亮的，虽说已经三十八岁，看起来却显得更年轻一些。

"小喜久，我能开电视机吗？"

肉子怕影响我读书，每次都会这样问一句。肉子和我不一样，要是电视不随时开着，她就会坐立不安。

"行啊。"

---

[1]肉子的鼾声"唑咕咿"（すごーい）与"好厉害"（すごーい）发音相同。

"谢谢!"

嘟。传来了电波飞出的声音,房间立刻变得热闹起来。打开电视和花洒突然喷出水来很相似。明明已经再熟悉不过,却总是会被惊到。

"啊!小喜久,这个人又出来了!有特异功能的!就是这个,算得特别准的老外!"

她说的大概是那个外国灵媒师,最近经常出现在电视上。是个胖到恐怖的女人,眉毛连成一条线,还能清楚地看到长着胡须呢。

"这老外可真胖啊!"

明明开电视的时候还知道征询一下我的意见,可话匣子一打开反倒不觉得失礼了。

"肉子,可不能随便叫人老外哦。"

"老外?为什么?"

"这是歧视用语啦。"

"不会吧!那我该说什么才好!"

"外国人。"

"外……还不是一样!哪里有区别!"

"老外……听上去总觉得有点瞧不起人的……感觉?"

"瞧不起人……"

"大概会让人觉得在取笑他们吧。"

"这玩意儿,跟肥婆和丰满是一样的!听到的人心情也是完全没区别!"

肉子摆出一副"我说得太妙了"的表情，挤出了双下巴。

"写作'老人'加'外人'，就成了'外国人'！"

"是哦。"

"还有，写作'夕'和'卜'，为什么要念'外'呢！"

肉子在半空中写了个"外"字。

"肉子，不过出门还是别随便叫人老外好哦。"

"夕，卜！"

学校里有品德课。这门课上会告诉我们有些词语不该乱用，有些历史决不能忘记，有些地方是特殊的。可那些不该乱用的词语，我却在家中的书里见过好多次。不该说出口的词语，也是会随着时代变化的吗？就像流行语一样。在肉子的时代里，"老外"这个词，说不定没有歧视的意思呢。

"啊啊啊啊啊啊啊已经二十分了！该走了！"

"啊，肉子。走之前先在这张表上签个名。"

"什什什，什么表？"

"泳池的啦。没有监护人的允许就不能去游泳。"

"OK呀！"

肉子瞧都没瞧我递给她的表格，就写上了名字。

"弄错了，肉子！那一栏应该写我的名字。"

"哎呀，搞错了！既然这样，就把小喜久的名字写在监护人这栏里……然后这样，加个箭头就行了！"

"没问题吗？"

"没问题的啦！你要是担心……就这样！"

肉子在自己的名字旁又写了几个字。

学生姓名 见须子 菊子→强烈赞成游泳！！

⇕

监护人姓名 见须子 喜久子"

大到离谱的字。像肉子的身体一样圆滚滚的字。

"好嘞！那我出门了！"

"走好。"

"记得七八点的时候来吃饭！"

"嗯。肉子……"

"什么？"

"你有眼屎沾着呢。"

"噢噢噢好险！谢谢你！"

肉子擦掉眼屎，踩上一双高跟的紫色沙滩拖鞋。实在太土了。

"小喜久，在看什么书呢？"

"塞林格。"

"塞林格！听上去像是什么战队的名字[1]呢！"

---

[1]日本东映的特摄片"超级战队"系列，大部分作品的命名都是《××
战队×连者（Ranger）》，如《恐龙战队兽连者》，塞林格（Salinger）
末尾与"连者（Ranger）"谐音，所以肉子以为是某个超级战队。

接着她神清气爽地去上班了。

没了肉子的房间，就会变成冷色调。哪怕肉子放在房间里那些华丽又土到掉渣的东西还在，橙色、红色和黄色还是会有所收敛，蓝色、紫色和黑色取而代之，开始扩张它们的地盘。

我是来到这片土地才知道，色彩是会随着时间来更换主角的。暖色与冷色各司其职，为世界染上善变的色彩。

变成冷色调的房间里，大家会一齐开始说话。被子、椅子、五元硬币和电话都开口了。

"来摸摸我软绵绵的背脊吧。"

"只有一条腿是短的。"

"出去转一圈肯定很有意思，好想去看看呀。"

"强词夺理。"

"去呼吸一下新鲜空气！"

世界总是热闹非凡。一直，一直都是如此。

果酱玛珈琳面包已经吃完了，我拿起杯子去冲洗。还有个肉子喝过东西的咖啡杯在，也一起洗了。洗碗的海绵是绿色的青蛙形状，而肉子的咖啡杯上还用毛笔写了"亲不孝"[1]三个字。自我懂事以来，她一直都用这个杯子。

每次搬家的时候，我就会想：快扔了，赶快扔了吧，扔掉！可这个杯子依旧难缠地跟过来了。而且它还特别结实，有一次摔在地上，也只是发出"咯吱"一声，没摔碎。坚持不孝需要这种毅力吗？

----

[1]亲不孝（親不孝），即汉语中"不孝顺父母"的意思。

"当然了！"

我把杯子倒扣在滤水篮里，不让"亲不孝"这三个字露出来，接着用小鸡图案的毛巾擦擦手。我想肉子只是单纯地不懂那几个字的意思。

去厕所撒尿。伸手想抽厕纸的时候，发现支架上挂了一卷崭新的。我找了找卷纸的头，却发现放反了。本应该从上面垂下去的，却变成从下往上了。只要是肉子装上去的，总会出现这种情况。

"根本连从哪儿开头都没找到吧？更不要说什么方向了！"

肉子最不擅长寻找开头位置了。

她总会找不到保鲜膜的开头，告诉她贴上胶带就能找到了，她会找不到胶带的开头在哪儿。

肉子开始一段人际关系的方式也笨极了。对方有什么想法，究竟该怎样待人接物才不会让气氛尴尬，这种事情她完全思考不来。连一句"你好"都说不利索，就大大咧咧地闯进别人的私人空间。从我的角度来说，觉得挺不可思议的。察言观色、确认自己的立场——肉子的脑袋里难道就没有这些概念吗？

无论在谁的面前，她总是全力以赴地扮演着"肉子"。所以她才招人厌恶，被人捉弄，上当受骗。

老佐恐怕也已经记不清肉子究竟是怎么才开始在"鱼河岸"工作的了。从把她当作"肉之神"那个震撼的瞬间回过神来，肉子已经理所当然地在店里忙里忙外，自来熟地拍打顾客的肩膀，跟顾客搞婚外情，被他老婆揍得鼻青脸肿。

"究竟该怎么说她好呢？她就好像是一场意外一样。"

我也这么想。肉子就是一场意外。

我们的晚饭一向都是由"鱼河岸"提供。这也是不知不觉中定下的规矩。

虽然基本上都是吃肉，但善治先生偶尔会带炖鱼过来，老佐也会心血来潮地做几碗拉面。拉面是店里的隐藏菜品，只有老佐兴致高涨的时候才会上桌，在顾客之中也很受欢迎。用剩下的猪肉加肋排骨熬出高汤，煮过好几个小时的汤头显得澄澈无比，但又闪耀着黄金的色泽，简直深不见底。

尽管一个果酱玛珈琳面包刚刚下肚，但一想到老佐做的美食，肚子又饿了。我的胃袋究竟出什么毛病了？可正如肉子所说的，我一丁点都没长胖。

班上已经有开始穿胸罩的女生，还有几个初潮都来了。五年级刚开学那阵子，体育馆召开了一个女生限定的小班教学，内容就是性教育。

我的身体不管过了多久，还是跟原来一样。很细长，胸前坦荡荡，两腿瘦兮兮。不过我很喜欢自己的身体。像个假小子也好，皮肤白皙也好，都很喜欢。要是就这样下去，胸部不会变大，月经也永远不会来该多好。

5

偷偷往店里瞅了一眼,只见"鱼河岸"里边闹腾腾的。一共有六张桌子,五张都坐满了人。肉子正托着一个大脸盆,在餐桌之间游走。

大脸盆里装着肉。有人点单,肉子就去老佐那里装一盆肉。接着再用钳子把肉从脸盆夹到客人的餐盘里。这么一来,要洗的餐具就少了。"鱼河岸"的肉,只有腌制这一种吃法,装在一个脸盆里也不担心串味。

肉子稀疏的刘海上蹿下跳,她寻找着烤肉不够的客人,好像寻找水源的探龙棒。店里除了一号桌和三号桌之外,坐着的全都是熟客。

二号桌是住在附近的畠山夫妇,说是新婚,其实是交往了十二年才结婚的,举手投足都是老夫老妻的样子。吃烤肉的时候,两个人都是一声不吭，可看着店里的电视节目时，倒是会在同一个地方生气。他们总说想要个像我这样的女儿。太太就快三十九岁了，我记得丈夫应该是三十四岁。

四号桌的男性三人组是常客了，都二十多岁，干建筑业的。他们总穿着紫色或红色的工作服，比起追加烤肉来他们添饭的次数更多。因为添饭是免费的。他们一向狼吞虎咽吃得很香，肉子总站在他们身边，笑而不语。

五号桌还是老样子，坐着善治先生和渔业工会的同伴们，就是债台高筑去远洋捕鱼那位肉子一号男友的同伴。和那个男人相比，他们全都是特别好的人。沉默寡言，但偶尔又会男人味十足地发出大笑声。

善治先生他们几乎每天都来光顾，不会点太多肉。顶多吃点韩国肉脍、猪肝烤串，再来几碟泡菜而已。老佐说，好在他们爱喝酒，还算有点赚头。再加上善治先生偶尔会带些鱼过来，老佐也经常给他们打折。

"来啦？"

老佐一瞧见我就如此招呼一声。肉子愉快地叫了一声："小喜久！"顾客们全都望向我。

我平时都是在空桌子上吃饭。没有空位的时候，不是让老佐把饭装在饭盒里带回家吃，就是先回家等肉子打来电话说有空位了再去吃。

不过，自从我像今天这样从外面偷看店里的情况开始，就没必要大费周章了。要是满客了，我就会避过大家，直接回家。我不想给老佐再添麻烦了。

"晚上好。"

我向认识的人打过招呼，就坐到了离厨房最近的六号桌上。

屋子尽头的墙壁上挂着电视机和老佐妻子的遗像。就是套了黑相框的葬礼用相片。这种遗像照不是一般都摆放在家里吗？在边烤边吃肉的店堂里还摆放着火葬之人的遗像，总觉得怪怪的。

电视里，那个"老外"灵媒师正和一个艺人面对面。最近她真的经常出镜。

"你前世做坏事了。"

"坏事？"

"你杀了很多白蛇。"

"怎么会呢……我一点印象都没……"

"因为那是前世啊。"

"诅咒，是什么诅咒呢？"

"你的额头会烂掉。"

"额头？"

"你的额头，挺丰满呢。"

"那该怎么做才能避免烂额头呢？"

"请在一座危险的高山上，种一棵大树。"

"种树？"

"是的。"

"大树？"

"是的。"

"比如说什么树呢？"

"我怎么知道！"

我心不在焉地看着电视，突然间脑袋被砰地敲了一下。一抬头，只见肉子圆圆的脸蛋正俯视着我。

"小喜久，又是那个，外、国、人，对吧！"

外、国、人，她一字一顿，都挤出双下巴来了。

"还真是她。她还真是老出现。"

"她叫达利西雅哟。算得可准了！"

"明明都是在胡说八道。"

"刚才也好准的，她说要给这个人死掉的父亲画张肖像画，虽然太耗时中间都省略掉了，但几天后拿出来的画，真的是一模一样啊！而且啊，还是拼贴画呢！"

"所以说为什么是拼贴画？"

"可像了！"

"别管像不像了，过了几天后画出来贴出来的东西，不觉得这些地方很可疑吗？"

"你看到就懂了！"

"我又没看到。"

"小喜久，你那个什么格的书读完了？"

"还没呢。"

"因为字实在太小啦！"

肉子捧着的脸盆里面装着老佐特制的调味汁，在荧光灯的照耀下，闪闪发光。用手指蘸一点舔一舔，就起了淡淡的鸡皮疙瘩。

"给你，喜久，今天的晚饭是烤肉炒面哦。"

手头空下来的老佐给我送来了特大碗的烤肉炒面。好开心。这种炒面真的特别好吃。

"也要多吃点蔬菜。"

配套的还有把烧烤用的蔬菜切碎做成的沙拉和鸡蛋汤。咕——肚子叫了。虽然很难为情，但也没办法。这就是生长期带来的困扰吧。

"我开动了。"

用筷子一搅动，一股油香扑面而来，是牛油味。老佐身上也散发着这种气味，经常有猫狗跟在老佐后面。

我早就见过野猫，可到这里才被野狗的数量吓到了。野狗们过着集体式生活。它们成群跑过，嘴上总是叫喊着"你们久等啦！"相反，野猫们就静悄悄的。偶尔和它们打声招呼，它们也只是爱理不理地说声"啊？"并没有恶意，那只是野猫对你的敷衍。

"好吃吗，喜久？"

"嗯，好吃。"

老佐心满意足地笑了，接着又烤起肉来。他漆黑的粗眉毛与蓬松的白发形成鲜明对比，皮肤像老树皮。

嚼着一块肉的时候，我和老佐的太太眼神交错，赶忙躲闪开了。

"我一直都在琢磨，这家店里的员工餐好像更好吃啊。"善治先生笑了。他的脸红通通的，并不是因为酒量差。善治先生的脸一年到头都是红的。准确地说，是黑里透红。肉子告诉我，酒喝太多了就会变成那样。

"还有啊，嗓门也会变成铜锣嗓！都是喝酒烧坏的！"

肉子已经吃过她的工作餐了吗？

"喜久，你们现在都在学些什么啊？"

善治先生总是会点柠檬沙瓦[1]喝，续杯的时候会要求再加一片柠檬，大概是想确认自己喝了多少杯。看善治先生的大酒杯里，已经有五片左右了。柠檬的体积越大，酒的含量就变得越少，正合他意。

"现在？比如说？"

"比如说啊……对了，数学教了啥？"

"平行四边形的面积之类的。"

"噢。"

就这样，对话结束了。

善治先生其实很认生。

---

[1]柠檬沙瓦是柠檬汁兑酒的饮料。

别看他喝醉了会主动和我攀谈，假如在渔港碰见他，他只会干巴巴地道声好。可是，他会默默地把装满鱼的篮子递给我，有时还把可爱的贝壳丢给我，是个温柔的人。明明才四十岁，却已经秃了。他的五官尤其突出，要是缠上一条毛巾，就像个印度人。他单身，和父母还有住回娘家的妹妹一起生活。他做着体面的工作，人又和善，却是肉子绝对不会喜欢上的那类人。

三号桌坐着一对情侣，女方朝着我咧嘴一笑。她的妆容浓得厉害，不过是个锁骨突出的美女。我温和地还以笑容，喝了一口鸡蛋汤。好烫。

电视上那个艺人依旧吵吵闹闹的。

"所以说究竟要种什么树才好啊！"

"当然是木头的树啦！蠢货！"

说真的，这个叫达利西雅的人究竟是怎么上电视的？电视里映着她那张长着胡须的大脸。

"这都是你前世定下来的！去问你的前世吧！"

竟然说"去问你的前世吧"。我把视线从电视画面移开，专注在烤肉炒面上。

肉子的前世究竟是怎么搞的？

这辈子不得不背负这么残酷的人生，肉子上辈子究竟做了什么伤天害理的事？我真想问问这个达利西雅。既然她算得那么准，就告诉我肉子在前世究竟做了什么，我们今后又何去何从吧。

肉子的刘海依旧轻飘飘地晃动着，像是在寻找什么东西。

_6_

🐟

　　五年级（一）班的女生正流行在午休时间打篮球。

　　分队的方式很奇怪。运动神经发达的金本同学和森同学分开到两边，轮番把自己想要的人收进队伍里。

　　打球很差的孩子自然不会被选上，就算打得好的，因为某种权力的暗中作用，也有可能进不了队。金本同学和森同学不光是运动神经够发达，实际上就是掌控着这个班级的两大势力。

　　我从小就觉得"花一匁[1]"是一种残酷无比的游戏。有的孩子

---

[1] "花一匁"是日本的传统儿童游戏，"匁"为重量单位"两"的异体字，这里指一两银子。儿童分成两组，一边唱着歌谣一边行走，轮流扮演变卖家产的穷人和得意扬扬的购买者，穷人唱着"衣橱、木箱，客官要哪样？"而购买者则说"我要那孩子"。"花"指的是青春年华的儿童，歌谣反映了古时买卖儿童的悲惨景象。两队试图通过猜拳将对方的成员"买过来"，直到一方成员全都被"买走"为止。

直到最后都听不到"我要那孩子",一直到最后都没被选上的孩子，只能一个人唱着"衣橱、木箱，客官要哪样？"说实话，我不忍心看到这样的场景。

我总是第一个被叫到"我要那孩子"的人。就算我第一个被选上，就算两边抢着要我，我依旧不喜欢"花一匁"。

虽然我的运动神经还不错，但我也察觉到金本同学第一个选上我的理由并不是那么单纯。

金本同学是绝对不会选真里亚的。真里亚当然也明白自己不会被金本同学选上，就一个劲地向森同学示好。森同学从真里亚那里收到了好几个可爱的橡皮，大概到第四个的时候，就会选真里亚入队。

没被选上的人里面，有几个会留在教室里画画之类的，总之就是做些不起眼的事。剩下的几个不知为何会站在球场边上给我们加油。整个午休时间一直都在，光是喊加油也太无聊了，各自找点喜欢的游戏不行吗？可我明白她们想一直留在我们身边的心情。她们只是不想被排挤出这个班的交际圈而已。

大家一定等待着有人出来说句话：还是别这样分队伍了。

我很喜欢篮球。追逐着球，寻找没有人的位置，猛地向前冲，趁着空当从人墙间穿过，投篮时擦过篮网的"扑通"一声，都让我欲罢不能。看到比自己的手掌大上好几圈的篮球随心所欲地移动，我就无比舒畅。只要分队伍的方式足够平等就好。

午休的二十分钟里，我到底还是玩到满头大汗，脑袋里一片空白，像一条狗似的张着嘴喘气。

午休结束前五分钟会响起铃声，大家依然不管不顾地继续活动，每次都是真里亚开口说"该回去了"。金本同学就会小声嘀咕"装什么乖孩子"，而我则假装没听见这句话。

回教学楼之前，大家会在冷水机前面争着喝水。水好凉。我顺便朝脸上一泼，呼噜呼噜地甩起脑袋。大家看到我都笑了，也学我的样子。呼噜呼噜，呼噜呼噜，水花四处飞溅，真里亚露出有点厌恶的神情。真里亚好不容易被选进了篮球队，却几乎不去碰球。

"大家快进教室啦！"

不知从哪里传来老师的声音。众人尖叫吵闹地奔向教室。忽地感到身上有别人的视线，回头一看，又是樱井和松本。他们和我打了个照面，慌忙移开视线。"搞什么鬼？"正当我这么想的时候，看到那两人的背后还站着二宫。是叫这个名字吧？总之就是那个阴暗的男生。

原来他也在啊，我心想。事情本应该到此为止的。可是我却死死地盯着二宫的脸，没有动弹。

二宫做了个鬼脸。

皱成一团。

整张脸的部件，似乎都集合到正当中去了。

我愣神了。一看到我停了下来，樱井和松本也站住了。不过他们发现我的视线从他俩中间穿过去飞向了身后，也立刻回头看。

二宫接下来的表情是瞪大眼睛，嘴唇缩起。可是另两人一回头，他就立刻变回正常的表情。看来他们并没有意识到二宫在做鬼脸。

"小喜久！"真里亚在呼唤我。我赶忙跑过去。追上大伙，真里亚说了句："啊，又是那几个人。讨厌！"我再次回头，在这之间二宫若无其事地跟在另两人身后行走。

从那天起，我每次发现二宫，都会观察他。

走廊间、早会时、放学后的鞋柜前。

但是据我观察的结果，二宫再也没做鬼脸。

他依旧露出阴暗的表情，一成不变地跟在樱井和松本的身后行走。

7

我们的小学里面有个叫猿乐寺的寺庙。其实是反过来的，我们的小学似乎原本就是建在寺院的领地内，我们才是闯入者。

寺庙的入口变成了校门，进门就是寺庙。教学楼像是藏在寺庙身后一样，我们打篮球的体育馆在教学楼的后面。操场正当中有一棵大樱花树，到了春天我们就集体去抓毛毛虫。

去寺庙参拜的人可以自由出入，也就是说，能够轻易地走进校园。

我在东京上小学的时候，根本没法想象无关者自由出入校园这种事。就算是运动会，允许进学校的监护人也不许超过四个，况且还必须提前预约，在胸口挂上入校许可证才行。

这边的学校就不同。

别说运动会了，就是在上课时也能看到有人在操场上遛狗。

有时不知是谁擅自敲响大钟，传来"咚"的钟声。猿乐小学，自然是取自寺庙的名称。据说在很久以前，作为神使的猴子曾在寺庙里玩耍，由此寺庙取名为"猿乐"。

"因为猴子在寺庙里游玩过而得名"，典故上是这么写的，可既然说猴子在寺庙里游玩，也就说明寺庙在当时就已经存在了。所以当初的寺庙也当然早就有名字啰？这些典故基本上是不靠谱的。围绕小镇的山上，有六条瀑布的典故都是讲有小鹿来此疗伤。

虽然现在没有猴子在嬉戏，但偶尔也能看到操场的沙坑那里有年轻的母亲在陪孩子玩耍。

正门前的路算是一条参拜道路，是镇上最热闹的一片区域了，名叫"银座猿乐通商店街"。大家都简称"猿商"。添上"银座"两个字也没让这条街更繁华，简单地说就是一片衰败景象。锈迹斑斑的卷帘门尤其显眼，扩音器里放的音乐，时常跑调。

因为靠近港口，有不少鱼店和主做鱼类菜的餐馆。

另外还有一个轻佻的理发师开的理发店"MUSE"，一对木乃伊似的老夫妇开的"红星被褥店"，养着一只凶猴子的玩具店"MONKEYMAGIC"，总是散发着咖啡芬芳的茶叶店（不卖咖啡）"重松"，咖啡很难喝但咖喱无敌美味的咖啡店"北斗"，名叫麻希的超帅锁匠开的"汤泽锁店"，总能用一百八十日元买到三个促销面包的超市"吉德"。

班上的女生们很迷恋那个轻佻的理发师。他的眉目之间垂着精致的刘海，一年到头都穿长靴。在我看来，他是个可疑到家的家伙，可在大家的眼里似乎是"帅气的大哥哥"。他叫友树哥。光是在男人的名字后面加个"哥"，就让大家亢奋不已。

　　听说真里亚的头发平时都是妈妈帮着剪的，可有时也会想方设法让友树哥来剪头。"友树哥好香的，他喷了甜甜的香水。"听到真里亚这么说，大家都"噢"地叹出一口气。我也就越来越讨厌友树哥了。

　　我很喜欢锁店的麻希小姐。她把头发剪得像男生一样短，还穿着我常穿的那种简约风格的衣服。可她的耳环总是格外大只，色彩又鲜艳。尽管麻希小姐有时戴的重耳环会把耳垂拉得老长，但就是特别适合她。

　　麻希小姐的表情像只似睡非睡的猫。我知道她是离婚之后才回这儿的，可听说她和肉子年纪相同的时候，还是大吃一惊。虽说肉子也是看上去显得年轻，但麻希小姐看上去怎么也不像三十八岁。她像个二十岁的大姐姐。

　　我们刚来这个小镇，就受到了麻希小姐的照顾。那时肉子把钥匙插进锁孔，不知用了什么蛮力，啪地一下就折断了。

　　肉子和我一下就傻眼了。明明都不是常用手，哪儿来的这么大力气？

　　那一天，"鱼河岸"休业，老佐和居委会的人组团去温泉旅行了。正值冬天，下着雪。

　　"怎么办，肉子？"

"小喜久！"即便是肉子，也一瞬间从醉意中清醒了。

当时我们对这小镇还一无所知。我们刚在猿商的居酒屋吃过饭，正打算回家。因为不知哪家店味道好，就挑了一家全国到处可见的连锁居酒屋。肉子喝了好多均价二百九十日元的气泡烧酒，醉得东倒西歪，我吃了太多均价二百九十日元的炸鸡块，胃胀得难受。

我们打算先给锁匠打个电话，可肉子却没带手机出门，而且话说回来我们根本不知道哪儿才有锁匠。当时，我罕见地有了掉眼泪的冲动。肉子从院子里捡了一块大石头，说要把窗户砸了。我拼命制止了她。真的太少见了，我居然很想哭。

"你们在干什么？"

正当此时，如同奇迹降临一般，麻希小姐出现了。她开着一辆白色小货车，货车上写着"汤泽锁店"这几个字。当时她恰巧给附近一户人家开锁，正打算回店里去。

我可以理解老佐为什么会把肉子当成肉之神。不过，我觉得比她强一万倍的麻希小姐才是真正的女神。

"哎呀哎呀，这看上去要花不少时间呢。"看到折断的钥匙，麻希小姐说，"天这么冷，你们两个都进车里吧。"

肉子和我都前所未有地诚惶诚恐。不只如此，麻希小姐还接着说："仪表盘上那个保温瓶里装着热的焙茶，喝点吧。"

因为下着雪，麻希小姐戴的黑色针织帽被彻底染白了。

麻希小姐最终花了大概半小时，才取出了折断的钥匙打开门。

接下来是我们永生难忘的场面，因为肉子喝了一肚子气泡烧酒，我吃了一肚子炸鸡块，我们把喝下去的焙茶全都吐在了车厢里。恩将仇报，说的就是我们。

即便如此，麻希小姐依旧不生气，向我们挥手道别后就离开了。她说反正是回程顺道帮忙，只收了我们很少的钱。

路过汤泽锁店门口的时候，肉子和我的紧张心情溢于言表。而女神一注意到我们，就会低声地打招呼：

"早啊。"

肉子一惊一乍的，我却很难为情，根本不敢看麻希小姐的脸。

商店街的一角有家宠物店。店名虽然叫"PETSALON 金子"，可大家都叫它"不卖了"[1]。当然并不是说这家店还能给人占卜。每当有顾客光临，店主都会反复强调照顾动物特别辛苦，让人打退堂鼓，说到最后总是来一句"不卖了"。店主是金子先生，是个顶着光溜溜秃头的五十多岁男人，体格魁梧。这副尊容加上斩钉截铁的"不卖了"，实在太恐怖了。

据说"金子"这家店原本只卖小鸟。金子先生的父亲趁着宠物大热的时期，也开始卖小猫小狗。可他的儿子——金子先生太过于娇惯动物，对那些养猫狗不上心的人充满了敌意。

我搬来不久就听说过这么一件事——有一对母女去店里看小猫，被金子先生吓出了心理阴影。

"你们反正也只是听人说养猫没养狗那么麻烦才来的吧！太天

---

[1] "不卖了"（壳らない）与"占卜"（占い）在日语中发音相同。

真了！别看它又小又可爱，拉的屎简直臭死人，小便的味道更加是毒气级别哦！要是身体出了毛病，不赶紧送医院就会死的！等反应过来，开出的医药费有时候可比你家房租还贵呢！"

滔滔不绝地恐吓一番之后，再把猫的屎尿塞到人家鼻子底下让人家感受，又拿猫咪虐杀蟑螂老鼠的视频放给她们看。最后还把店里的扩音器调到最大音量，播放猫的心跳声。

咚、咚、咚！

"听见没！猫咪啊，猫咪啊，也是一条命啊！！！"

听说那家女儿从那之后，光是看到广告里有猫咪出现，身体都会吓得僵硬。太可怜了。

有一对新婚夫妇去买博美犬的时候，也一样。

"你这浑蛋，该不会是想买条小博美回家治愈一下心灵吧！你要是以为动物可以简简单单治愈人心，那就大错特错了！小博美也是个活物啊，一觉得寂寞就会叫，肚子饿了也会叫，别看这么小只，叫起来嗓门高得吓死人，别说治愈了，小心晚上吵得你睡不着觉！"

接着故技重演，用最大音量播放博美的心跳声。

咚、咚、咚！

"它可是活生生的！！"

新婚夫妇放弃了博美犬，早早地生了个孩子。

"动物都是家人啊！"

经常能看到金子先生牵着一大群长大了的金毛犬、贵宾犬、柴犬，在外面散步。大家一看到他就拔腿逃跑，我却很喜欢金子先生。

虽说在你决定养之前各种恐吓，但只要你在他的店里买了猫狗，他就会关心上一辈子。你遇到一丁点小麻烦，他也会赶来帮忙。有时候因为特殊情况，不得不离家好几天，可以将宠物寄养在金子先生那里，他会不厌其烦地给宠物喂食，陪它们散步。不过，要是对猫狗的生活环境有一丁点怠慢，他就会黑着脸把主人痛骂一顿，在整顿好环境之前，决不罢休。

金子先生也是"鱼河岸"的常客。虽然表情很可怕，但人非常温和。他有时会双手合十为刚卖出去的小猫祈祷祝福，也会因为想起寿终正寝的老狗而放声大哭。

能跟"你们久等啦"的野狗们打成一片的，只有金子先生一个人。他还曾经把"久等啦"们都藏起来，帮它们躲过保健所的驱逐。平日里吠个不停的"久等啦"们也很听金子先生的话，在他面前都安静下来。这样的金子先生简直就是个驯兽师，太帅了。

金子先生一来"鱼河岸"就点牛肉吃。食量惊人。从内脏到尾巴，无所不吃。拜金子先生旺盛的食欲所赐，他来店的日子里，营业额总是很好看。在金子先生的感染下，其他桌上的人也会跟风点牛肉上桌。况且，他不会像平时称呼阿猫阿狗一般把牛叫作"小牛""阿牛"，而是单纯地用一个字——"牛"。

金子先生是老佐愿意拿出牛板腱来招待的少数贵客之一。

不知为什么，我从不告诉大家金子先生那么爱吃牛肉。

_8_
🐟

　　来到猿商买厕纸的时候，看到店头贴着盆踊节[1]的海报。八月十日。明明还有整整一个月，大家却已经兴高采烈地张罗起来。

　　元旦和盆踊节是镇上的两大盛事。开店的人或是临时休业，或是出来摆摊。不知从哪儿冒出的祭典摊贩也会摆出捞金鱼和章鱼烧的露天摊。只有钓小鸡的店迫于金子先生的淫威，绝对不敢来。

　　"你好呀。"光听到她的声音，我就心潮澎湃。

　　回头一瞧，麻希小姐正手捧咖啡杯站在那儿。麻希小姐总是会带着自己的咖啡杯去茶叶店，让店家冲上一杯美味咖啡再带回自己店里。"北斗"的店主似乎没什么好脸色，但"重松"的店主和麻希小姐本人则毫不在意。

------
[1]盆踊是日本盂兰盆节时，众人聚集跳的一种舞蹈，原是一种佛教仪式。

"今天真热啊。"

"是呀。"在麻希小姐面前，我会太过开心而扭扭捏捏的，"那个——喝咖啡不就更热了吗？"

"这个嘛……不管天有多热，咖啡还是热的更好喝。"

这种懒洋洋的口气最棒了。麻希小姐不说本地方言，讲起话来发音也十分标准。她的杯子是纯白的。杯子就该这样才对，"亲不孝"算什么玩意儿嘛。

今天的麻希小姐上身穿着白 T 恤，下身搭着男生那种牛仔裤。卷边的裤管下踩着一双棕色皮拖鞋。耳朵上，之前见过的金色耳环正在摇晃。

"小喜久你已经能喝咖啡了吗？"

"是呀，能喝了。我从一年级开始就喝了。"

"是吗！真成熟呢。那我们去重松喝上一杯吧。"

麻希小姐话音刚落，脚步就已经转了方向。我大吃一惊，太过开心，不禁"啊"地叫出了声。

重松的儿媳妇是个三十岁左右的苗条女人，一年到头都有淡淡的黑眼圈，显得很阴暗。她的脸就像一只浣熊。麻希小姐说了句"我又来了"，她只是悄悄低头示意，并没回答什么。

重松这家店里，被称作"重松太太"的婆婆泡的咖啡特别好喝。重松太太现在已经引退，换上了浣熊脸的媳妇来看店。可要论泡咖啡的话，绝对还是太太的手艺更好。

"太太，给小喜久也泡杯咖啡吧。"

麻希小姐即便面对年长的人也不用敬语。最初听到的时候总替她感到紧张，可这话从麻希小姐嘴里讲出来，却很合适。重松太太从店堂里边探出脸来说："好嘞。"她跟浣熊脸媳妇不一样，脸是圆滚滚的。她的儿子和丈夫都在店后边的小工房里炒茶叶，塞进包装。干活的时候不会跟浣熊脸媳妇和重松太太说话。

等了一会儿，就传来了咖啡的香气。其实我喝不了黑咖啡，可又难以启齿。我总觉得，要是开口说"请给我牛奶和砂糖"，我和麻希小姐之间好不容易缩短的距离，又会被拉远。

"给你。"

重松太太的手指也是圆圆的。她递来的咖啡黑漆漆的，卷着小漩涡，装在画着小猫的红杯子里。

"那个……"

"啊啊，没关系的，待会儿我帮你还。"

连毫无关系的我都拿到了一杯咖啡，实在过意不去。我心想是不是应该买点茶叶才好，但重松太太和浣熊脸媳妇什么都没说。麻希小姐轻声说了句谢啦，就出店了。我低着头，跟在麻希小姐身后。

黑咖啡真是苦得让我差点晕倒。

"很好喝吧。"

不过我还是拼尽全力撒谎了。

"确实好喝呢。"

汤泽锁店看上去有很长的历史。店里有切割钥匙的大型机器，墙上挂了许多把钥匙，连木桌都染上了极具历史感的蜜糖色。听说这店原来是麻希小姐的父亲开的，如今只有麻希小姐一个人在经营。

"我能抽烟吗？"

"行呀。"

麻希小姐取出香烟，点上火。呼，她吐出一口烟，烟气缭绕，原本古旧的店堂更增加了几分沧桑的质感。

"咖啡和香烟，为什么就这么配呢？"

烟雾模糊了麻希小姐的侧脸。香烟和她，真的很配。

"对了，你来干什么的？"

"那个……是来买厕纸的。"

不能打扰人家做生意，我慌忙喝完了咖啡。好苦，这也算给人喝的饮料吗？真想加一大堆牛奶进去，什么甜的东西都好。可是我忍住了，因为麻希小姐就在身旁。

"肉子还好吗？"

"挺好的。"

我想起往"亲不孝"杯子里倒入大量牛奶和砂糖的肉子，她喝的那玩意儿已经甜得不能称作咖啡了吧。假如肉子和麻希小姐是同班同学的话，她们绝对没法和睦相处吧。还是说会像我跟真里亚那样，看似绝不会成为朋友，实际却成了朋友呢？

"那真是太好了。"

　　麻希小姐把剩了挺长一截的香烟掐灭了。我低着头走出店堂，麻希小姐就轻飘飘地挥了挥懒散的手。

　　"那真是太好了。"

　　我一边小声模仿麻希小姐说话，一边跑去吉德超市买厕纸。我要买的，不是肉子选的那种附带奇怪香味的卷纸，而是最简单的基础款。就像麻希小姐的杯子一样，雪白雪白的那种。

9

星期三是"鱼河岸"的定休日。

肉子一听见放假两个字，就开始蠢蠢欲动。肉子期待休假并不是因为有什么特别的事要做，我想她只是从小就形成了一个概念——休息日就要欢天喜地。

实际上，肉子的休息日基本都是在赖床中度过的。电视机要一直开着，再把所有要用的东西都摆放在伸手可及的范围内，除了上厕所之外，可以就这样一直躺着。对她来讲，这或许也算一种幸福的休假方式了。但说实话真让人不忍直视。

因为今天有防灾检查，我们上完第四节课就能回家了。多放半天假，大家都兴奋不已，可放学的时候却下起了雨。

有好几个人留在学校里躲雨，我和真里亚选择淋雨跑回去。真里亚在飞溅的泥点中连连尖叫，雨水却不住地从旁拍打，雨势越来越大了。不过我倒是不在意。在踮脚桥匆忙道别的时候，真里亚已经半带哭腔了，最后还冲着私家的石子小路泄愤。

"他妈的！"

我忍不住笑喷啦。

走到色色神社前面的时候，雨愈加大了，简直就像台风一样。我心想要不要进去躲雨，可转念一想，要是去躲雨，色色神社一定会啰啰唆唆地给我讲述它的历史。于是我迎面冲向正朝我袭来的风雨，继续奔跑。

在渔港附近，我跟一辆轻卡车擦身而过。卡车喇叭嘀嘀地鸣叫着，因为雨太大，根本看不清车里坐的是谁。我望了一眼渔港，只见大雨之中，善治先生和同伴们搭着雨披，正十万火急地把船拉到岸边停好。

回到家，还没开门就听到了"咝咕咻，咝咕咻"的鼾声传出。看来她是早起把我叫醒，送我上学之后，又接着去睡了吧。我悄悄拉开门，蹑手蹑脚来到厨房取毛巾。有股霉味。我用它擦了脸和头发。

房间里阴沉沉的。明明还是大白天，一股青蓝色的光就充斥在空气中。雨水敲打着窗户，外边的景色也是一片暗蓝。不知为何，我忽然间有点想哭，自己也惊到了，鼻头猛地一酸。我想开灯，却不想吵醒肉子。

肉子就趴在书桌旁的地上睡着了。要不是能听见鼾声，说不定会以为她死在那儿了呢。她的左手向着厨房的方向伸出，就好像死亡留言写到一半就断了气。

　　尽管用毛巾擦过了，走进房间身上的水滴还是啪嗒啪嗒砸在地板上。我用袜子擦了擦水滴，又把袜子也脱下来，跟衣服和毛巾一起丢进了洗衣篮。篮子里面，肉子的衣服、袜子、内裤、毛巾，全都紧紧缠绕，难解难分。我的体操服倒是洗好了晾在浴室里。一定是手洗的。肉子的大手拧过的痕迹还清晰地留在胸前的"见须子"[1]三个字上。

　　我穿上一套汗衫，去了厨房，拧开水龙头就着小小的水流开始洗碗。当然，也包括"亲不孝"杯子。

　　学校今天没有午餐，我的肚子还饿着呢。虽然昨天就跟肉子说过中午就放学，让她准备好午饭。恐怕她在给我洗体操服的时候，就已经被睡意击倒了吧。"呲咕咿，呲咕咿"现在已经变成了"呲咕——咿咿咿咿，呲咕噢噢噢咿咿咿咿咿！"打呼噜还能加上感叹号，在我的认知范围中能做到这件事的也就是肉子了。

　　洗好碗，我打开了餐具柜下边的门。在一堆青花鱼罐头和橘子罐头里面找到肉酱罐头。打开冰箱，里面有善治先生送的竹荚鱼刺身、一点杏鲍菇，还有不少铁苋菜和水草。我打开肉酱罐头，倒在平底锅里；点上火，趁着加热的时候，把杏鲍菇、铁苋菜和水草切碎，一起丢了进去。竹荚鱼刺身裹着保鲜膜，就这么直接上桌了。

---

[1]日本的校园体操服上会用大字印上学生的姓氏。

再从冰箱里取出煮过又冷冻起来的意大利面。肉子按照一人份的量分开装成小包，可她所谓的一人份，多得简直让人丢脸。我把面放进微波炉，按下解冻按钮。

过了一会儿，咕噜，肉酱里冒出了泡泡。蘑菇和水草一转眼就煮软了。我用从百元商店买来的木制锅铲时不时地搅拌一下，就飘出了香气。因为肉子是个急性子，这木锅铲到处都有烫黑的痕迹。

"噻咕噢噢噢，咕噢咿！"

也差不多该醒了，因为肉酱的香味太诱人。

这么说来，我在真里亚家时，她也请我吃过意大利肉酱面。里面的大蒜味浓浓的，特别美味，不过我还是更喜欢罐头的味道。

我看了看微波炉，还有二十秒。我加了一点酱油和管装黄油，就去叫醒肉子。

"肉子，午饭做好了哦。"

"咕噢?"

肉子从熟睡中突然被拉回现实，鼾声和说话声都混在一起了。躺在地板上抬起头的肉子明明一直在房间里，看上去倒像是刚被雨淋过一样。

"啊，小喜久，你回来啦！"

即便是刚醒来，说话依旧带着感叹号。

"是肉酱意面啊！！"

肉子从来都把意大利面简称"意面"。

已经好久没有和肉子面对面吃午饭了。意大利肉酱面配竹荚鱼刺身，大概是嫌既要用叉子又要用筷子太麻烦，肉子直接用筷子夹起意面吃。竹荚鱼则是倒了好多酱油。我总觉得这太对不起善治先生了，冷汗直冒。

"太好吃了，小喜久做的肉酱意面！"

哧溜哧溜哧溜，肉子像在吸溜荞麦面似的吃着意面。又不是我做的肉酱，是"妈·妈"[1]罐头本来就很好吃，再说了，明明肉子一直都这么做肉酱面的啊。

去年的校庆日刚巧是星期三，跟肉子的休息日是同一天。

那天我们两人一起去了隔壁镇上的小水族馆。里面倒是真有个水槽，可在水里游的只有竹荚鱼和沙丁鱼，顶多算是个大点的养鱼池。

水族馆最大的看点是环子，一只在水族馆里散养的企鹅。

刚开馆的时候，环子可是水族馆里的大明星。环子在前面一摇一摆地走着，孩子们就排着队跟在她后面。不过现在环子已经过气了，一方面因为大家都已经看腻了企鹅，另一方面，这个镇子上的小孩子也确实越来越少了。

环子上了年纪。她的身上总萦绕着一种哲学的气质，或许那正是让人难以靠近的原因。

---

[1]"妈·妈"是日清公司的意面酱品牌。

　　环子现在就像个管理员一样在馆内徘徊。人们看到她会发出"哇"的惊叫，却不会像往日那样夸她"好可爱！"

　　企鹅离远一点看还是很可爱的。可凑近了看，就会发现那是眼神凶恶无比、时刻板着一张臭脸的生物。

　　环子偶尔也会嘎嘎地鸣叫。仔细一听才发现她在高喊：

　　"今天要把你们杀光！"

　　这太恐怖了。

　　当时，肉子和我还是第一次见到环子，两个人都很兴奋。肉子甚至连"好可爱！"都喊了出来。面对"可爱"这一久违的夸赞，环子有一瞬间露出了怀念的表情，接着立即侧过脸去，高喊道：

　　"今天要把你们杀光！"

　　肉子给环子起了"企太"这个名字。

　　去完水族馆之后，我们吃了奶油红豆蜜凉粉。虽然已经忘了那家咖啡厅叫什么名字了，但这家店比"北斗"漂亮多了，咖啡也很好喝，而且还能自由续杯。肉子整整续了三杯咖啡。肉子连珠炮似的说好喝好喝，店员们都喜出望外，可当他们看到肉子砰地将红豆凉粉的豆沙丢进第三杯咖啡，表情都僵住了。

　　那天晚上，肉子久违地做了晚饭。就像今天一样，在罐装肉酱里加了蘑菇和剩下的蔬菜。那是肉子从我小时候起就特别擅长的菜式。或许也称不上是什么菜式吧。

　　我也开始模仿肉子的方法做菜。为了营造出姑且算是料理的气氛，还加了黄油和酱油。

"小喜久，今天打算做些什么？"

肉子的嘴唇上沾满了黏糊糊的肉酱。我一想到竹荚鱼刺身会被送进这张大嘴里，就变得同情起它们来。

"还能做什么？雨下得那么大。"

"下雨有什么关系嘛！我们好不容易有了两人独处的机会耶！"

有时我会想，和肉子一起生活时，我们的关系就好像一对恋人。肉子是女的，而且是个麻烦到死的女人，我就是个忙得不可开交的男人。

"嗯……"

"做什么？小喜久，决定好做什么了吗？"

"也没什么特别想做的事情啦……"

"没关系没关系！要不咱们再去看企太？"

"嗯……"

"怎么了！"

"看到那只企鹅就会觉得很悲伤。"

"为什么！企太不是超级可爱的嘛！"

不知环子能听到这句话吗？虽然给她起了"企太"这个明显是搞错了的名字，但肉子是真的，发自内心地觉得环子很可爱。雨那么大。可是我不知为何想让环子听到肉子喊出"好可爱！"这句话。

"那也好啊。去吧。"

"太棒啦！"

肉子的刘海轻轻摇晃了一下。

10

肉子要我穿上雨披出门，我坚定地拒绝了。与其让我穿肉子递过来的武藏坊弁庆图案雨衣，我还不如死了算了。更何况，午饭后收拾一番再出门的时候，雨已经小了些。

我撑着一把蓝色的伞，而肉子说还是空出双手来更舒坦，就穿上了弁庆雨衣。

所有人都认识肉子。毕竟她是"那个渔港的肉子"。不过我姑且还是祈祷了一下，希望别遇到学校的同学。不知从哪里冒出一只壁虎，开口说：

"不会遇到学校的孩子的。应该碰不上的。"

"小喜久，你刚才说什么了？"

"没什么。"

去隔壁镇要坐巴士。

因为这一带的人大多自家有车，所以巴士的班次很少，一个小时只有两班。车这么少，肉子也没有时刻表。结果今天依旧在车站干等了大概二十分钟。

巴士站就在色色神社前面。"水川神社前"这个站牌不知被谁恶作剧，写上了"色色"两个字。即便如此，色色神社还是无比严肃。

"呵呵呵，又是历史历史的。"

"小喜久，你说什么了吗？"

"没什么。"

巴士上除了我们之外，还坐着一个男人，他戴着个塑料帽子。然后车子驶过了两个站，都没人上车。

在靠近第三站"野田公团"的时候，能看到有个男孩子在候车。他撑着和我差不多的蓝色雨伞。直到他朝着到站的巴士抬头露出正脸来，我才不出声地惊叫："啊！"

是二宫。

二宫看到坐在车尾的肉子和我，也毫无反应，依旧一脸阴沉，坐在了最前面的位置。

尽管我对二宫毫无感觉，他这种毫无反应的表现还是让我很受伤。我似乎总在人群中找寻二宫的身影，然后真的找到他，又对这样的自己感到惊讶，感到不好意思。

二宫把额头贴在车窗玻璃上，望着窗外。我转向肉子。肉子不知为何露出一丝浅笑，她也一样望着窗外。

二宫的脸映在巴士的巨大后视镜中。这样我既能观察到肉眼所见的二宫，也能通过镜子仔细看到他映出来的模样。

就在快要驶过第二个车站的时候，他终于有了新动作。

二宫咕吱一下把嘴噘起来，就像章鱼嘴一样，亲在车窗玻璃上。果然出现了。一种诡异的兴奋感，让我背后稍稍起了鸡皮疙瘩。一个侦探跟踪目标很久，终于目击到决定性瞬间时，心情大概就是这样的吧。我仿佛按下看不见的快门，手指猛地发力。

二宫噘起章鱼嘴之后，如同洪水决堤一样，接二连三地做出怪异的表情。他用嘴摆出 O 字形之后翻白眼，接着又像舞狮一样凶狠地露出牙齿。而到了最后，他用自己的双手拼命拉扯双颊，弄出一张比目鱼似的脸来。

二宫是真的没注意到我也在车上吗？还是说他已经注意到了，才故意做鬼脸来捉弄我吗？

又过了一会儿，我们到了该下车的“水族馆前”巴士站。二宫究竟要去哪儿呢？从二宫身旁走过去的时候，我偷偷地瞥了他一眼，只见二宫翻着白眼，肆意地拉扯着自己的嘴唇。车窗玻璃上沾满了二宫的口水。

还好没有其他学生在。女生要是看到二宫这副模样，绝对会说“恶心死了”吧。就连我都觉得挺恶心的。不过二宫的“鬼脸”背后，肯定藏着非同寻常的秘密。这不是单纯的“恶心”能形容的，有一种在绝境中挣扎的感觉。

巴士开走之后，我瞧了一眼站牌表，上面写着下一站是“长寿中心"。

"雨停啦！"

刚才的疾风骤雨好像梦一般，头顶已经是一片晴空。

"肉子，你不热吗？"

我想让肉子以最快速度脱掉那件武藏坊弁庆的雨衣。

"写作'日'变'青'色，读作'晴'天啊！"

我挥动雨伞，雨滴闪闪发光。我明明知道水族馆无聊极了，也知道环子其实很凶暴，可还是兴奋个不停，这样的自己真是无可救药，简直就像低年级的学生。虽然二宫已经不在旁边了，但假如是二宫之外的同学看到我在暴风雨之后和肉子一起去水族馆，我大概会找个地缝钻进去吧。

"肉子。"

"怎么啦？"

"长寿中心是什么地方？"

"大概是什么中心吧？"

"哦，当我没问好啦。"

水族馆所在的渔港，比"鱼河岸"旁边的渔港要气派得多。

这里有体育馆一样大的水产加工厂，还有带着特产商品街的购物中心。这里随处可见在我们的镇上难得一见的观光客。观光客一眼就能被分辨出来。他们都兴致勃勃地盯着水缸和冷藏箱看个不停，不时啧啧称赞："到底还是这儿便宜啊。"我觉得他们说这些话，就是为了确信自己没白来这镇上旅行。正是因为他们还有家可回，才有心情羡慕这样的小镇，这份恬静，才会向往这种靠海吃饭的生活。

老佐说就算仰仗观光客，这里也没了过去的繁荣。过去这里能捕上大量的多线鱼，听说有靠多线鱼发财的人，还用多线鱼搭出了一幢豪宅。真里亚家似乎也是这么发迹的。一想到那白墙的豪宅原来是用鱼建造出来的，就觉得有些好笑。

水族馆的门票是小孩一百日元，大人三百日元。上面只写了"儿童"和"成人"，并没有规定具体的年龄。肉子名正言顺地付了四百日元。卖票的大叔瞟了我一眼，嘻嘻笑了。

"真可爱啊。"

我有些吃惊。感觉自己很久没有被当成小孩子对待了。倒不如说，我已经好久没遇到过像这样会当面夸孩子"可爱"的男人了。无论是老佐、善治先生还是金子先生，都决不会这么说话。

我发现，就连学校的老师也为如何对待我们女生而感到头疼。

我们当然不算是大人，可也早就不是那种可以随口评价"真可爱"的小孩。已经有女生会抱怨老师在体育课上扶着学生身子做前滚翻的行为很猥琐。就算是我，看到班上女生穿体操服的样子，看到从短裤中露出的白皙大腿，也会感到害羞。二宫的口水没被其他女生看到真是太好了。

"谢啦。"

如果是平时，我会用正经的敬语。可今天的我却故意用小孩的口气回敬大叔。

"今天里面一个人都没有，被你们包场了。"

"太棒了！"

肉子丝毫不掩盖自己的孩子气，露出比我更加天真的欢喜神
情。不知是因为下雨还是出汗，她的刘海都贴在脑门上，显得寒
碜极了。

"啊！是骨碌骨碌呀！"

刚进去就有个沙丁鱼的水缸。水缸是圆柱形的，一群沙丁鱼
像龙卷风似的，骨碌骨碌地回旋。肉子把这个水缸称作"骨碌骨
碌"。我觉得这是水族馆里最有看头的东西了。也就是说，后面一
直都会很无聊。

沙丁鱼反射着水族馆的青蓝光芒，星星点点地闪烁。偶尔会
有那么一条远离鱼群、受了伤的沙丁鱼，拖着濒死的身躯，在水
缸中徘徊。这个水缸里绝对会存在这样的一条鱼。当其他鱼成群
结队、一丝不苟地游动时，这么一条鱼就显得格外刺眼。我的眼
神总是不由得跟着那条沙丁鱼。

"好厉害呀！那个词是怎么说的来着？菊……巨……"

"飓风？"

"对啦就是那个！"

"虽然只是绕着一个地方不停转，但对沙丁鱼来说，一定觉得
游了很长的距离吧？"

"你这话好像吸尘器的广告！就是影响力不会变的那个！"

"是吸力啦。"

"笨蛋沙丁鱼！"

我过去在电视上看过一个解释人类在野外为何会遇难的实验。

一个蒙着眼的人在足球场上走路。实验要求他向右转然后径直往球门那边走过去，可那个人不知为何，在球场的正中央画出一个圆，绕着转起圈来。据说人类一旦迷路，就有在同一片地方打转的习性。

这让我毛骨悚然。

电视上的主持人说：所以要是遇难了，不要乱动留在原地是最好的。我想象了一下永远绕圈徘徊的自己，忍不住掉了几滴眼泪。那时肉子不在家，我就一个人看电视。如此说来，好像就是从那时开始，我变得不怎么爱看电视了。取而代之的是，整个家里的东西都开始找我聊天了。

"眼睛不要跟着转！"

沙丁鱼在日语里写作"鰯"，弱小的鱼。多亏肉子不认识这个汉字，太好了。濒死的沙丁鱼时不时向上浮动几下，接着垂下头，逐渐被吸到了水缸下方。

"啊！"

肉子手指所指的方向，已经能看到她了。

是环子。

她酷似一个巡逻中的保安，正在馆内散漫地踱步。远远地就能感觉到她心情不悦。这水族馆本来就够让人腻歪的了，没想到刚进门就遇到环子，那后面还有什么可期待的啊？

"今天要把你们杀光！"环子依旧凶残地鸣叫着。

"企太，企太！"

肉子以巨大的身姿甩着一身肥肉奔向环子。这样跑动的肉子才更像只企鹅呢。想必环子也很久没见过人对她做出这种反应了吧。她只是用眼角瞥了肉子一眼，又喊道：

"今天要把你们杀光！"

肉子毫不在意地靠近她，摸了摸环子的脑袋。

"真可爱啊！！"

环子的心情肯定和我一样。被当成值得宠溺的可爱小动物，让她显得手足无措，只有眼珠滴溜溜地转动着。

"可爱死啦！"

肉子像对待人类一样，大大咧咧地闯进了环子的内心。她根本不在乎到底该不该抚摸环子，或者说游客到底能不能触摸馆内的企鹅。她只是单纯地喊着"真可爱"，随心所欲地抚摸着企鹅的脑袋，洋溢着慈爱的微笑。

环子用短小的手啪嗒嗒啪嗒地拍打起肚皮。这动作倒是很有企鹅的风格。算是对肉子态度的回应吗？

非常奇妙的是，我十分理解环子现在的心情。我想起自己刚才装嫩的那句"谢啦"。

"来呀！小喜久也来摸摸企太嘛！"

我战战兢兢地靠近环子，一边心说不好意思啦一边伸手摸摸她的头。环子的脑袋跟我想象中那光溜溜的印象完全不同，是毛糙糙的，很壮实，让我再次惊叹不愧是海中的生物。

“……”

环子张开嘴巴，像是要说些什么。可她什么都没说。

“真可爱呀！企太这家伙！你这个小坏蛋！”

肉子把环子当成了小孩子，把她按在自己的肚子上。环子把自己的喙靠在肉子的肚子上，一动也不动。

“环子，再见哦。”我鼓起勇气说道。

“环子？”肉子则露出了难以置信的神情。环子从肉子的手掌下盯着我看。虽然眼神看上去还是那么凶恶，但漆黑的瞳孔圆溜溜的，闪闪发光。

“肉子，这孩子的名字叫环子啦。不是企太。”

“原来是女孩子呀！好可爱啊！”

让人最惊讶的是，环子竟然跟在我和肉子身后走了过来。是因为肉子的肚子很舒服吗？还是因为觉得我们太过可疑，要盯着以防我们做出什么蠢事来吗？不过，她那跟跟跄跄的小碎步真的太有企鹅风格了，显得特别可爱。

“我究竟为什么会把她当成企太的呢！”

“既然肉子你都不明白，就没人会明白啦。”

“可恶的企太！”

回家的路上，我们又顺道去了吃过红豆蜜凉粉的那家咖啡馆。原来店名是“萨博乌尔”。不知是因为肉子，还是商店换了经营方针，咖啡的无限续杯被取消了，咖啡本身也没那么美味了。

可能是因为我和麻希小姐一起喝过了黑咖啡。

我也稍微成熟了一些。

11

渔港有一家三胞胎老人。

他们总是面朝大海坐着。海风吹拂下的皮肤黑黝黝的，皱纹清晰地印刻在皮肤上，细细密密的。在天光晦暗的日子里，还以为是三棵老树靠在一起呢。

三人都戴着帽子。左边的老人戴着棕色猎帽，正中的老人戴着发了黄的白色运动帽，右边的老人则是黑色针织帽。不过仔细观察的话，会发现三人偶尔还会互换帽子戴。每顶帽子都挺合适的。三人很是和睦。

那三人在聊着往事。嘴里讲着这个渔港曾经多么热闹非凡，自己的船是多么漂亮出众。

他们总是在抽烟，而且这香烟劲很大的，飘起的烟都泛出紫色。哪怕波涛汹涌，台风来袭，烟气一丝不乱。三人亦是如此。

只是静静地坐在那里，纹丝不动。

不时会有他们的声音顺着海风传来。一个人的声音很低沉，一个人的声音很高亢。还有一个人的声音在颤抖，也不知是不是夹杂着风声的缘故。

"好像是从后面被套上了一个麻袋。"

"然后直接被拖上船。"

"连一句话都不让说。"

尽管并非血脉相连，他们却分享着同一份悲伤，从这一点来看，那三人是彻彻底底的三胞胎。看久了就觉得，三人的身体总会在某处连着。手、脚，或是侧腹，粘连重叠。他们各自的血液、骨髓、骨架，再加上无尽的悲伤，将三人联系在一起。

他们是幽灵。

我见到三胞胎还是来这镇上不久后的事。不管天气多么恶劣，哪怕是台风，那三人都会端坐在渔港，直勾勾地盯着大海看，诡异无比。

我立刻就懂了：那几个人已经死了。

在帽子的阴影下，面孔没法看得真切，只知道他们的皮肤非常黑，又长着雪白的牙齿。

善治先生和其他渔夫往船那边走时，偶尔会不经意地从他们三人的身体上穿过去。这时候，三人之中总会有一个对他们恶作剧。有时敲敲脑袋，有时挠挠脖子，有时在膝盖后边推上一把。

被恶作剧的人会露出诧异的表情，可见到没人，就只能歪着脑袋继续走向渔船。

我很喜欢看三胞胎对他们恶作剧。恶作剧结束后，他们并不会像孩子那样把脸凑在一起偷笑。三胞胎依旧像没事人一样，眺望着大海。他们我行我素的样子，也是我最喜欢的。

三胞胎到了晚上就会哭泣。

_ *12* _

◁

　　在鞋柜前，真里亚邀请我今天去她家。我惦记着上次借来的漫画后续，就回答她好啊。我问她是不是还请了其他孩子，她回答道：

　　"还请了森同学、小吉、沙耶香和明智同学哦。"

　　全都是森同学平日里会选的篮球队员。不知为何，我有一种不祥的预感。可我还是假装什么都没意识到。我说要回家跟肉子知会一下，便同往常一样，与她在踮脚桥那里道别了。

　　真让人喘不过气。

　　那帮人凑在一起，大概会在背后说金本同学的坏话吧。可以的话，我真不想去。我切身感受到被漫画所吸引的自己是多么浅薄。可事到如今，又没法张嘴说不去。

　　我一路上都在思考不去真里亚家的理由，自然地，脚步也变慢了。

大概是四年级快结束的时候，女生们开始结伴去上厕所了。

起初好像是因为某个人来例假了。为了方便挡住换卫生巾，几个人一起去了厕所。渐渐地，气氛发展成就算没什么事也必须一起去的程度了。我打算去厕所的时候，真里亚就会跟过来，在水池那边等我。她自己要去上厕所时，也理所当然地叫上我一起去。

大概从一个月前开始，体育课要跑步时，我也会和大家混在一块跑。一会儿用手撩撩头发，一会儿假装系鞋带，懒懒散散地跑动。因为只是热身而已，老师并没有唠叨什么，可我却希望被骂几句。"跑认真点！"我想听到这句话。假如我真的认真跑，总觉得会有人取笑我。我既要保证低调又要认真跑步。直到体育课结束，我才明白那究竟有多辛苦，那比平时累太多了。

"讨厌呀。"

我不经意的自言自语，是大阪口音。感觉就像在学肉子讲话。不过，好像又并非完全如此。假如真想这么说，干脆就跟肉子一样，从头到尾说大阪腔就行了，我却又自然地区分出两种口音。我打心底认为肉子很浅薄，可自己反倒是丢人的"双语女孩"。

能看见港口了。

今天的大海有些不平静。最近我开始逐渐明白大海的脾性了。过去只听善治先生说"好像有点生气了，赶快让船回港吧"或者"今天是个乖乖的好孩子"。这种把大海比喻成人一样的说法，听起来就像魔法咒语，特别帅气。但我现在已经有些懂了。

　　大海有它明确的意志。刮起暴风的时候，是大海出于某些原因打开了情感的闸门。风平浪静的日子，大海只不过是睡着了。不，光说睡着也不太贴切，应该是"半睁眼"吧。表情就好比如来佛祖那张半眯着眼睛的脸。涨潮时看似很亲切，却很不稳定。表面之下蕴藏着会因为一点小事就大发雷霆的迹象。落潮时显得十分平静，却又在渴求着什么。

　　大海总是露出无所不知的表情，然而决不肯告诉我。

　　我身边的世界依旧热闹非凡。

　　"要迟到了要迟到了要迟到了，虽然根本没约会！"

　　蜥蜴不知在哪里奔跑着。

　　"世界是白蒙蒙的一片。"

　　那是瞎了眼的青蛙在说话。

　　"要不要传播和平全看我心情。"

　　那是狡猾的鸽子。

　　"在地底整整埋了七年，是为了能在地面上死去。"

　　还有等待夏天的知了猴。

　　他们都比我更早就在这个小镇居住了。或许还算不上是小镇，只是个小小的村落。

　　我还要在这里待多久呢？

　　"小喜久，你回来啦！！"

　　肉子并没有睡觉。她正看着电视而且音量超大。此时上演的又是热点访谈节目。还以为又会见到那个达利西雅，没想到今天放的是邻里矛盾专题。现在住的房子是独门独户，和其他屋子离得挺远，也没机会听到肉子反抗邻居投诉的名言"只不过是日常生活噪声而已！"

"鱼河岸"的隔壁原本有一家叫作"当季家庭料理 节气"的店，听说在我们来之前就倒闭了。好像说老板携款潜逃了。不知是因为大家觉得不吉利，还是单纯的经济不景气，之后再没有人在这里开店。

"在那边找不到吃的老鼠都跑到我们这儿来了！"老佐勃然大怒。他的灭鼠方法很可怕。先用老式的捕鼠笼逮住老鼠，然后直接用手把老鼠从笼子里揪出来，丢进大海。"淹死它。"老佐说。可我却有好几次看到老鼠又游回了岸边。

"好险啊！第一百次差点玩完——"

老鼠真强悍。

"今天聪田太太给了我苹果派！小喜久也来吃呀！"

聪田太太是小酒吧"波"的老板娘，她家的店就开在"当季家庭料理 节气"的隔壁。她带妆和素颜的脸完全不同。听说她在去皱的时候还会用痔疮膏。"这个最能拉紧皱纹。"聪田太太说。她的脸在膏药的作用下紧紧绷着，像是在脑袋上套了一条长筒丝袜。

聪田太太会把一切材料都加进松饼里。所以这东西与其说是苹果派，不如说是苹果松饼。我看到桌上还摆着蜂蜜和玛珈琳，肉子也一定是把它当作加了苹果的松饼来吃。

聪田太太说自己和老佐是同学，所以两人关系很好。就连灭鼠的方法也和老佐一样。徒手把老鼠丢进大海。他们不会考虑这是否是杀生，凡事交给大海来定夺就好，这片土地的人，想法里总绕不开这个结。

"小喜久，今天过得怎么样呀？"

"嗯……一般般。"

"一般般！一般般就是最好的啦！"

你倒是看看自己穿了什么衣服呀。

"七点左右来吃晚饭吧！"

"嗯……"

要是去真里亚家玩，估计还会请我们吃晚饭。真里亚的妈妈会说"一定要留下来吃点"的。

"每天都吃肉也会吃腻吧？毕竟是女孩子嘛。"

她嘴上这么说，端出来的却是炖牛肉，让我瞠目结舌。而且还不是用炖牛肉料包做的，而是从炒焦的小麦粉开始整道料理，真是相当讲究。

"我可能要到真里亚家里去。"

"这样啊！那我就不用喊你吃饭啰？"

"嗯……可是我还没决定去不去……"

"不去吗？"

"嗯……不知道，该怎么办呢……"

"她请你去的？"

"嗯。"

"但是你不想去？"

"也没有不想去啦……其实是，嗯……"

我不想听见她们说金本同学的坏话。

大家肯定会说"小喜久也加入森同学的队伍吧"之类的话。会跟我说"就算金本同学选你入队，你也告诉她'还是森同学的队伍更好'"。最后我大概还不能拒绝她们吧。可就算这样，我也没办法拒绝金本同学的邀请。

到时候，我肯定一边对两边都点头，一边又想拼命逃离她们吧。

"那你不去就行了嘛！"肉子大声说道。

不，也称不上大声，只是平时的嗓门而已，在我听来已经足够大声了。我看了看肉子。一撮薄薄的刘海紧贴在额头上。

"就说感冒了或者怎么了，搪塞过去就行啦！"

肉子的嘴角闪闪发亮，蘸着蜂蜜呢。我联想到被小熊追赶的肉子，忍不住笑了。笑出来也让我畅快了不少。

"嗯，就这么办。我打电话说有点不舒服。"

肉子几乎一口就吞下了一大块热香饼。

"要素不好嗨口，偶来帮李打电话吧？"

"你说'要是不好开口，我来帮你打电话'？"

"哼嗯！"

松饼的渣子从肉子的嘴巴里飞了出来。

"不用了。没关系的。"

身体轻松了许多。我的手毫不犹豫地伸向电话机。

我撒谎说可能有点感冒了，真里亚沉默了一下，接着又担心地问"没事吧?"虽然良心发痛，但身体渐渐变轻了。

肉子去上班之后，我就一个人看起书来。今天是星期五，明天和后天都能读书了。装病太棒了。

为了提升谎言的真实度，我今天没去"鱼河岸"吃晚饭，而是一个人在家做了盐味拉面吃。尽管老佐的烤肉和真里亚家的炖牛肉都很美味，为了装病效果特制的札幌一番盐味拉面，还是特别、特别好吃。

13

肉子回到家里已经是半夜了。

瞧了瞧凡·高时钟，一点四十分。因为是星期五，客人一定挺多的，下班之后多半是去聪田太太店里喝酒了吧。刚打开门，就有一股酒臭味飘进来。好怀念。我小时候经常能闻到这气味。

"小喜久已经睡着了，一定要安静一点……唔！"

肉子就算是小声讲话，也必须在句末加上"唔！"才行。话又说回来，必须保持安静的人还自言自语，本身就很奇怪了。有时还会听见她说"蹑手、蹑脚……唔！"，可她的"蹑手蹑脚"都会把地板踩得咯吱作响，排场可大了。更何况，打开门的声音早就吵醒了我。

在黑暗中移动的肉子，就好像把"自作聪明"四个字贴在自己身上。那是最让人尴尬的。

"肉子，你回来啦。"

肉子的身体猛地一颤，接着腿就撞在了书桌上。

"好痛！小喜久，吵醒你啦？吵醒你啦？对不起对不起！快睡快睡快睡快睡快睡快睡！"

这哪睡得着啊。

"没关系的，我刚巧有些口渴。"

"真的？太好啦！"

肉子喝得醉醺醺回家时，我总不可能每次都"刚巧有些口渴"。然而只要是我说的话，肉子就会绝对相信。

"那我能开电视机吗？"

"可以啊。"

一打开电视，已经适应了黑暗的眼睛和已经适应了寂静的耳朵都忽然惊觉。蓝白色的光芒照亮了肉子的脸。肉子的脸看上去仿佛被打湿了。

"小喜久的晚饭，我也打包带回家啦！"

"辛苦啦。是什么？"

"烤肉盖饭！"

老佐一定也喝多了。他喝醉时做的员工餐就会很粗糙。烤肉盖饭，也只不过是把酱汁烤肉堆在米饭上而已。可就是好吃得不行，就算凉了也好吃。

"客人很多吗？"

我仍旧钻在被窝里。嗓子其实一点也不渴。毛巾被上干巴巴的气味包裹着我。

"嗯，来了好多人呢！善治先生都没坐进来，先去聪田太太那儿打发了一会儿时间才等到座位！"

"是吗。和正常顺序是颠倒的呢。"

"没错！先喝了兑水烧酒唱了卡拉 OK，然后才回我们这里来吃了肉脍！这就叫'本末倒置'吧！"

"'本末倒置'可不是用来形容这个的吧？"

"啊！口渴了！！"

肉子在"亲不孝"杯子里注满自来水，动静很大地喝了起来。咕咚咕咚，连那声音都让人觉得聒噪。既然她没问我"喝不喝？"就代表她把我说的"口渴"彻底抛之脑后了。

"今天小喜久都没来店里吃晚饭，老佐、善治先生和金子先生都嫌冷清了呢！"

"金子先生来了？"

"来了来了！听他说，好像有人在及川电机门口的垃圾场扔了小猫，他可生气了！"

"是吗，小猫？几只？"

"有四只呢！金子先生大概要养下来！今天只喝了点啤酒，说还要喂奶就回去了！那他干吗还来烤肉店呀，这个大叔！"

肉子喝醉之后，说的话就会变粗暴。过去就是这样。也并非生气，我想这才是肉子的本心。

"他还说要向小喜久问好呢！"

"我还真有点想念他的。"

金子先生不知为什么，对我特别温柔。面对像我这么大的孩子，他基本上都非常严厉的，可轮到我，就会给我闻闻猫咪的肉垫，还把小狗打哈欠的彩信给我看。

"啊啊啊啊，总算能喘口气啦——嗝噗！"

肉子的酒嗝，大得几乎能让人的视野微微晃动。

"酒嗝都打出来啦！"

"是啊。"

"嗝噗！"

肉子在电视机前坐定，取过团扇给自己扇风。扇风的动作也是豪爽至极。哗！哗！团扇的声响随着风一直刮到我这边。

躺在毛巾被里看着肉子，有一种逃课躲在家的感觉。其实我没去的只不过是真里亚家，却仿佛是请假没去学校，一整天都躲在家里。

昏暗的六叠房间里，电视发出黯淡的光。我不知度过了多少个这样的夜晚。

"肉子。"

"嗯嗯？"

"开个灯啦。这样太伤眼睛了。"

"没事的没事的！就算眼睛变差了，我也不会再去做那些烦心事啦！"

"烦心事？"

"看黑板上的字啦，看电影啦，那些事，妈妈再也不会去做的啦！"

"真搞不懂你。肉子你才三十八岁呀。今后说不定还会去学校呢，去看电影的可能性也大得很嘛。"

"不去不去不去不去不去！"

电视上，一个最近几乎见不到的艺人，正穿着泳装在相扑。双腿大开到处乱滚，泳装也走形卡到屁股缝里。肉子露出观察动物生态的严肃眼神，紧盯着画面。肉子的小眼睛只有下睫毛特别长。外加双下巴。

"总觉得好像在逃课一样。"

"为什么？"

"没什么，就是这么觉得。"

"小喜久，你不是从来都不逃课的吗！"

今天没去真里亚家的这件事，肉子大概已经忘光了。

"妈妈才总是一天到晚逃课呢！"

肉子在我这个年纪时，究竟是个怎样的孩子呢？我想起肉子藏起来的那张旧照片。

"这小孩，跟我的小学同学长得一模一样！"

肉子说完这句话，就躺倒在地了。

"这么大的块头，肯定直接就会睡着。"

贴在窗户上的飞蛾对我说。对飞蛾来说，肉子是相当巨大的生物了。即便每天都照面，还是会警觉地盯着她。

"既然身体都那么大了，那翅膀一定也……"

肉子还真就那么睡着了。我站起身，给肉子披上毛巾被。接着，为了让刚才说的话不至于变成谎言，我去厨房喝了口水。

14

一早到班上我就感觉不对劲。

如果是平时，我刚坐下来，真里亚就会立即飞奔到我的座位旁，说起昨晚是怎么过的，或者对班上男生的着装评头论足。可她今天就完全没来过。她正和森同学那几人凑在窗边讨论着什么。铃声响了，大家都回到座位上，可上课期间，女生们那种不可名状的不安气氛一直充斥着整个教室，让人紧张兮兮的。

唉，我明白了。

她们果然是在我逃掉的那次"聚会"里，定下什么鬼点子了吧。

我悄悄望了眼森同学，不知她的表情是不是天生的，总之带着点愠怒，在听老师讲课。

第一节课结束，我去了厕所。若是平时，一看到我打算去厕所，真里亚就会跟过来。今天的我内心很微妙，拿不准是希望真里亚跟过来还是希望她不要跟过来。最终，真里亚和森同学她们一起跟着我走来了。

"小喜久，能说几句话吗？"

我总觉得真里亚有些亢奋。森同学、明智同学、小吉和沙耶香站在真里亚身后的位置，一声不吭地看着我。她们都是我在私下没怎么说过话的同学。

我这才意识到，其实除了真里亚，我好像根本没怎么和班上的其他孩子说过话。倒不是我不想和大家交流，只是我转学到这里就一直跟真里亚同班，大家和我之间永远都隔着一个真里亚，从来没人直接来约我，我也没有约过别人。

"去厕所说吧。"

还能不能让人好好上个厕所？我心想。课间十分钟真的能讲完？

"小喜久，你觉得金本同学这个人怎么样？"

真里亚的问题很单刀直入。真里亚盯着我时的眼眸闪闪发光，可我总觉得她像在惧怕什么。

"怎么样？"

我该说什么才好？究竟该怎么回答，才能顺利摆脱这个难题？我姑且先装傻，做出什么都不懂的样子。

"我觉得她运动神经可真好啊。我除了球类之外就不太行了。"

"问的不是这个啦，金本同学……你喜欢她吗？"

还真够单刀直入的。看来真里亚也明白课间十分钟很短暂。

"喜欢？我们是同学呀。"

"不觉得她很嚣张吗？"

我瞠目结舌。竟然有人用嚣张来形容年龄相仿的人。

我一看森同学，发现她正有些难为情地看着我。原来森同学也只是被真里亚煽动了。明智同学向前走，挡在森同学前面，紧紧盯住我。

"还不至于觉得嚣张啦，我们其实没说过话。"

"打篮球的时候也一样，决定要分两队选人的不就是金本同学嘛。"

"是吗……"

我又看看森同学。或许是注意到了我的视线，真里亚劝解似的说："森同学也很讨厌必须要选人啦。不过金本同学强烈要求森同学这么做，她才勉为其难接受的。"

"是吗……"

森同学的视线转向一旁。我还以为她是个挺强势的女生呢，没想到意外地柔弱。

"金本同学就是用那种方法把一些人排挤出群体，你不觉得选不进篮球队的人很可怜吗？"

"嗯……"

"金本同学选人可不是依照实力，她挑的全都是自己喜欢的人哦。"

森同学不也是半斤八两吗？

"小喜久你也是金本同学的心头好呢。"

心头好。这句话让我火冒三丈。不过，我没把怒气写在脸上。

"我们已经决定了。到了午休时间，就算金本同学来邀请我们打篮球，我们也会拒绝她。"

真里亚露出一副"我要发必杀技了"的表情。

"我们打算午休去玩些别的，小喜久也一起来嘛，来我们的小组。金本同学就随她的便，爱打篮球就让她打呗。"

原来森同学也并不是很喜欢篮球啊。森同学的个子很高，力气又大，她拿球的时候，真的很难抢过来，所以打篮球才那么愉快。

"我说——小喜久，和我们一起玩吧。"

真里亚握住了我的手。她的手凉凉的又湿漉漉的，让人有点不舒服。

"可是我很喜欢篮球呀。"

我这么一开口，明智同学、小吉和沙耶香面面相觑。她们的表情上分明写着"在逗我吗？"，我简直想大叫出声。

"小喜久，你要背叛我们？"

"我只是喜欢篮球而已啦。"

"那就和我们打篮球好了。"

"篮球还是大家一起玩嘛。"

"不是说了吗？按照金本同学的做法来，就会有人被排挤出去的。"

你们现在正在做的，不就是标准的排挤人吗？话到嘴边，我还是没说出口。

"那就换个分队方式嘛，去找金本同学谈谈不就行了吗？"

"金本同学才不会听我们说呢。她太嚣张了。"

所以说这"嚣张"究竟是什么意思？

"小喜久。"

真里亚开始较真。

我想起了刚转来学校时，第一个来和我搭话的就是真里亚。我心想，真是个有点浮夸的女生啊。可实际上真里亚确实很温柔。她在很多事情上都愿意出手相助，尽管有些事上是多管闲事了，可我明白的，真里亚是发自内心地喜欢我。

"不用了，要是叫我去，我还是选择打篮球。"

这似乎成为决定性的一句话。真里亚猛地倒吸一口气。

"够了，我们走吧，真里亚。"

明智同学第一次开口了。原来她的嗓音是这样的啊，我想着要是早有机会听到就好了。明智同学的话里似乎带着点笑意，有点像某种动物。

真里亚死死盯着我看。而森同学则垂下了头。铃声快响，快响啊！我心里如此想着，但却没响。课间十分钟，比想象的更加漫长。

"我想去上厕所，可以吗？"

我说着，尽量温和地挣脱了真里亚的手。真里亚露出了生气的表情。

"我明白了。"她说。

不知为何，我被这句话无可挽回地刺伤了。

注入便器中的小便，黄黄的，散发着气味。我没见过大人的小便是什么样的，可我觉得自己的小便还真有点孩子气啊。黄黄的，散发着尿液应有的气味，冲劲十足。

人生的这段时间，要是能早点结束就好了。赶快，我想赶快成为大人。

现在的自己，和那个"不想来月经，不想成为大人"的自己，是彻底矛盾的。然而这两种想法都是真的，不带一点虚假。

假如有个儿童之神来问我"想一直当孩子吗？"我一定会点头的。可要是大人之神来问我"想成为大人吗？"我恐怕也会点头。我只知道，无论哪个来我应该都不会摇头。二者都点头与二者都摇头，看上去像是一回事，其实不同。

我无法做出否定。就算我拥有明确的想法，我也无法表达出来。我只是一味地接受，又想逃离任何一方。

真里亚恐怕再也不会和我一起回家了吧。

午休时间，金本同学和往常一样站在讲台前。她不必开口，女生们就聚集过去，又要像往常一样分成两队了。可是，真里亚和森同学她们没走过去。

真里亚她们毫不理会金本同学，来到平时不打篮球的女生身旁。那是在教室一角画着漫画的岸同学，还有看她画画的河原同学和野上同学。真里亚开口了：

"要不要一起玩？"

三人对真里亚她们的邀约很是惊讶。可是真里亚说着"走吧"拉起她们的手，她们都不由自主地站了起来。

"平时选不上打篮球的同学，也都来一起玩吧。"

真里亚一开口，教室内的空气霎时变得紧张起来。有个叫谷中的男生晚了一步去操场，我清楚地听见他说：

"不妙，女生要闹分裂了。"

森同学和真里亚她们停留在教室门口，等待女生加入进来。原本聚集在金本同学身边的女生们，因为这突如其来的一幕而手足无措。

"不去吗？真的没关系吗？"

真里亚再一次催促之后，笕同学和小澄战战兢兢地离开了女生堆。她们是从来不会被选上，总在球场外无趣地给我们加油的孩子。

走出门时，真里亚用特别夸张的表情死死地盯着我看。我一阵头晕目眩。

金本同学和其他人全都瞠目结舌，目送她们离开。我勉强站在座位旁，既没往讲台那边走去，也没追随真里亚她们离开教室，只觉得天旋地转，什么都变得遥不可及。

"来分队伍吧。"

金本同学真是坚强。她就当什么都没发生过一样。

"小喜久你也要来打球吧？"

松了一口气，我有了行动的理由。我做出一副"既然叫我去"的模样向前走去，又打量了大家的表情。无论打篮球或是不打篮球的女生，都似乎有点跃跃欲试的感觉。这可是一班女生中的重大转折点。我尽量摆出什么都没意识到的表情，用脚磨蹭着教室的地板。

"那几个人搞什么鬼？"穗积同学说。

穗积同学是金本同学经常选作第二号的女生。

"反正叫人挺不爽的。"

其他女生突然有了发泄口，纷纷说着"对啊"之类的话，接着看向金本同学。金本同学注视着真里亚她们走出去的大门口，许久都没动。

那一天，分队方式第一次改成了猜拳决定。

剩下的十个人全都打到了篮球。

15

第一次参加盆踊节时，被那阵势惊到了。

猿商排满了夜间小摊，小学操场正当中的樱花树旁搭起了巨大的木架，那是盆踊舞的中心。整个镇上的居民全体出动。

虽然我在横滨和东京时也去过庙会，但不是太大就是太小。

太大的那次是在东京。与其说是庙会，不如说是公园里的狂欢节。各种外国人摆出路边摊，跳的舞也不是盆踊，舞台上有歌手在唱歌，舞者在起舞。肉子排在长到让人昏厥的队伍后面，嘴上怒骂着"贵死人了！"买来了土耳其烤肉和啤酒。

太小的那次是住在横滨时，附近的寺庙搞的一场盆踊。姑且算是搭了个类似木架的玩意儿，矮矮的，跳舞的也只有几人而已。章鱼烧、捞金鱼、捞弹力球、棉花糖这些小摊都挤在一条通道里，属于绕完一圈之后就可以打道回府了的那种。

猿商盆踊节的规模，刚好符合我心中对"盆踊节"的想象。

木架的高度刚好超过了樱花树，顶上有个大叔在捶打太鼓。围着木架跳盆踊舞的人们整整绕了三圈。串灯从木架之上延伸至各个方向，还缠绕在绿叶繁茂的樱花树身上。黄色的电珠照亮了舞蹈者的面孔，又缓缓晃荡，好像大家是围着熊熊篝火翩翩起舞的。

各种小摊都排列在操场中央。有"饺子串""烤金锷烧"之类的奇怪吃食，当然也有"苹果糖""烤乌贼"这样的传统摊贩。捞金鱼、捞溜溜球、打靶、捞弹力球也都来了。

大门口有卖一百日元的抽奖券，奖品是猿商的店铺和镇民们赞助的小电器、书本、玩具、洋装，运气好的话还能抽到小摩托车呢。据说经济好的时候，还抽过汽车。没有中的抽奖券营业额，会用来购置第二年的奖品。

最让我觉得不可思议的，就是全镇的人真的都会跑来参加庙会。如果你想要知道镇子上住了哪些人，只要去盆踊节就行了。当然也会有从未见过的面孔，但顶多是某某的熟人，关系再远一点也不过是熟人的熟人。

这个镇上有很多去了大都市的人，也有不少留下的人。有继承渔业的人，有在本地政府工作的人，有去隔壁镇水产加工厂的人，还有在酒店工作的人。说不上经济有多景气，但只要你不奢求什么，总能有份工作。

其中还有从大都市回来的人。不知谁说过，麻希小姐就是其中之一。我知道麻希小姐曾经和东京人结过婚，但不知道是怎样的人，也不知她在东京做过些什么。我甚至不知道大家是如何看待在猿商兀自说着东京话的麻希小姐的。

这里真的是个很小的镇子。

有不少大叔还在聊着小学时候的话题，还有一些在我看来上了年纪的人，依旧特别重视初中时代的前后辈关系，也是让人吃惊。其中还有初恋情人、昔日的太太与丈夫。甚至还有肉子这样被某个太太揍得鼻青脸肿的人，以及把人揍到鼻青脸肿的太太。

小时候的人际关系一直延续到长大成人，这究竟是怎样的感觉呢？

我变成了大人，还会在这条街上跟现在的同学相遇吗？围绕着篮球的痛苦回忆，一直到大家长大成人，都还会教人纠结吗？

从那以后，班上的女生依旧分成两组。分别是打篮球的金本同学和我们这组，还有一会儿画画一会儿玩独轮车的森同学和真里亚她们那组。

一直到学期结束，两组还一直保持着冷战。我当然也再没跟真里亚一起回过家。从分裂开始的那天起，真里亚就跟同方向的岸同学和明智同学一起回家了。而且她们还经常站在踮脚桥那边聊天。

每次从站着聊天的三人身边经过，甚是煎熬。真里亚就算看到我也不打招呼，还不止这样，那三个人会突然压低嗓音，偷偷摸摸地说着什么，等我走过去之后，爆发出响亮的笑声。我的所作所为有那么坏吗？至于她们如此恶毒地针对我吗？难道说我当初顺从真里亚，加入森同学那一组才是更好的选择吗？我彻底向真里亚的坏心眼投降了。

所以暑假对于我是救赎。有人约我出去玩或者去学校泳池的时候，偶尔也会有可能跟大家碰面，但至少不用每天去上学。不必再去感受教室中女生那紧张的气氛，也不必满心绝望地穿过踮脚桥了。

我在暑假里读了很多书。《女生徒》[1]《心》[2]《海鸥乔纳森》[3]《恶童日记》[4]。我一翻开书本，就能很快地沉浸到书中的世界里去。但并不意味着我能轻易回到现实"这边"来。尤其是有大海出现的故事，总能简简单单地俘获我的心。

读了《海鸥乔纳森》之后，我就特别想出海，尽情呼吸大海的气味。我想从天空朝着海面急坠，拍打着波浪，在最极限的低空回旋。我根本不在乎自己没有翅膀。因为我也认识大海的气味。

从真里亚那里借来的漫画一直没还，就这么丢在桌上。

肉子从盆踊节的前一天开始就兴奋不已，早就坐不住了。

---

[1]日本作家太宰治作品。

[2]日本作家夏目漱石作品。

[3]美国作家理查德·巴赫作品。

[4]匈牙利作家雅歌塔·克里斯多夫作品。

盆踊节那天，"鱼河岸"也会休业。整条街上的人都在期待着那天呢。听说"重松"也会休业，去摆摊卖咖啡。适可而止一点，去卖茶好吗？

"小喜久，盆踊节要和真里亚一起去吗？"

肉子这个理所当然的问题，让我很难受。我假装若无其事地回答：

"要和金本同学、穗积同学和里沙一起去啦。"

我摆出一副"你不是早就知道了吗？"的表情。肉子是很直率的，她瞪圆了小眼睛问：

"哎？她们是谁？"

我做出"咦？你不知道吗？"的表情。

"是一起打篮球的同学。"

"小喜久，你的朋友好多呀！"

肉子伸出手指戳了戳我的肚皮。明明只有我们两个人，却总觉得很难为情。所以尽管她没问我还是开口说："真里亚好像要和其他同学一起去。"

糟糕，这语气里好像若有所指啊。我心里这么想着，肉子却只是收回手指，说了一句：

"这样啊！"

这也许才是理所当然的，因为她丝毫都没察觉到一班女生的紧张气氛嘛。她哼着小曲，频繁切换电视频道。

多亏肉子是个很迟钝的人。要是被问这问那就麻烦死了。

　　可与此同时，我内心的某处又在期望着，要是她能意识到我现在的处境就好了。找肉子这样的人商量，事情也不可能有什么转机，但我只是希望有人能知晓我这种难受的心情和小小的绝望而已。

　　这么说来，肉子在那天要是没说假如不想去真里亚家，不去就行了，我现在的处境或许就完全不同了。一想到这个，我对肉子就产生了一种无端的怨恨。我明白这是一种孩子气的感情，但看着接二连三变个不停的电视画面，我就对一无所知的肉子产生了愤恨。

　　"肉子。"

　　"什么？"

　　肉子回头时停下了手指的动作，频道刚巧是手语新闻。背景是个女人一本正经地打着手语，前面是紧盯着我的肉子，总觉得十分好笑。其实，不管后面是什么背景，肉子肯定都很好笑。

　　结果我都不知道自己想说什么，所以就问了肉子要跟谁一起去。

　　"老佐、善治先生，还有跟店里的那个谁一起去！"

　　能把重要的顾客说成"店里的那个谁"，不愧是肉子。双下巴。我忍不住笑了。肉子什么错都没有。

　　那天，就算我没听肉子的话去了真里亚家，我的处境恐怕也不会有变化吧。就算她对我说"离开金本同学，换个游戏玩吧"，我肯定也不会答应的。顶多是会推迟一点，女厕所那件事会晚一点发生而已。因为比起攻击其他人来说，我更愿意选择受攻击的一方。因为这一方更轻松。我明白这是非常卑鄙的选择，可我又能做些什么呢？

我自己根本不想做任何决定。

手语新闻里，正在报道油轮的翻船事故。肉子看着画面说了句"真惨"。

我祈祷着别在踮脚桥前遇到真里亚她们，走出了家门。

外面是一片浅浅的晚霞。淡紫色的云漂浮在橙色的天空中，特别漂亮。因为今天早晨下过雨了，所以空气也很澄澈。踩着沙滩拖鞋行走着，自己发出啪嗒啪嗒的脚步声，感觉很凉爽。繁忙的蜥蜴从身旁一闪而过。树梢上，等待七年总算来到地表的蝉大声呼喊着：

"等了半天竟是这玩意儿啊！"

它们的寿命非常短。

踮脚桥前一个人都没有。我松了一口气，忽地开心起来。我故意放缓步伐，花了好一段时间过桥。嘎吱，嘎吱，听到这响声，我才想起来：对呀，我原来是很喜欢这座桥的。抚摸着它破烂不堪的栏杆时，只见那无论在淡水还是海水中都能生存的鱼，正沿着水路游动。

只走了一小会儿，天空就已经变成一片通红。

来到猿商的入口处，金本同学她们已经穿着浴衣站在那儿。

金本同学穿着红色大丽花的浴衣，穗积同学是淡粉色配小菊花。里沙的浴衣是深蓝色的，上面有金鱼在游。猿商一改平日里寂寥的感觉，充满了活力，金本同学她们就好像在这气氛中轻飘飘地游动着。

"咦？小喜久，你不穿浴衣吗？"

我没有啦。

"嗯，总觉得穿起来好麻烦。"

"这真的可惜了。小喜久你绝对很适合浴衣的。"

"是呀。绝对很搭的，小喜久超可爱的嘛！"

"才没有啦。"

我再度思索，我们家真穷啊。

"从什么开始吃？"

不知是因为难得穿上一次浴衣，还是因为光彩照人的商店街，大家格外兴奋。

"要是不先决定吃什么，到时候肚子饱了就吃不下啦。"

"说得对。刨冰是必须的，我还想喝弹珠汽水，啊，还有炒面呢。"

"棉花糖呢？"

"棉花糖和苹果糖可以拿着带回家呀。"

"原来如此。对了，我们一定要玩一次捞金鱼哦！"

"好呀好呀，比赛谁捞得最多吧！"

我听着大家的说话声，眺望一直延伸到学校的灯笼行列。灯笼圆圆的，红红的，就像一条条胖金鱼。

"小喜久，你想吃什么？"

"欸？章鱼烧。"

脱口而出。我的注意力一直放在灯笼上。

"那就去吃章鱼烧吧！"

金本同学抓住我的手。她的体温特别高。金本同学原来喜欢我啊。

"啊……"

我们刚手牵手走了几步，就看见了真里亚从"MUSE"走出来。应该是拜托友树哥帮忙做了发型吧。

"快看，是真里亚她们。"

穗积同学把脸凑了过来。暑假才刚刚开始，穗积同学就已经把自己晒得这么黑了。

"她这是找友树哥做了一个全套吧。"

"真让人火大。"

"绝对得意忘形了。"

"她一个人吗？咦，那是真里亚的妈妈吧？"

真里亚和她妈妈结伴走了过来。我还以为她会和森同学她们一起来的，看来也并非如此。

"看呀，那个腰带，也太夸张了吧！"

"一定是以为自己是什么公主吧。"

"就是说呀。"

真里亚的浴衣在白底上印着红色和粉色的玫瑰图案，腰带是淡紫色的蝉翼纱质地，就好像礼品丝带一样一圈圈卷在腰上。她的团子头发型，就好比在头上顶着个巨大的冰激凌球。

"蠢到家了。"穗积同学说道。

金本同学和里沙也笑了。我笑不出来，只是摆出模棱两可的表情，继续看着灯笼。一直盯着金鱼一样的灯笼看，会觉得有点吓人。真里亚没有注意到我们，和妈妈一起消失在了人群中。

大门口已经有人开始排队买抽奖券了。今年的一等奖，是东京迪士尼乐园的双人套票。

"哇，是迪士尼乐园的门票耶！"

"好想要！"

"小喜久，你去过迪士尼乐园吗？"

"还没有呢。"

"咦？你不是在东京住过吗？"

"嗯。不过还没去过。"

"可惜这么好的机会！"

我再次感叹，我家真是太穷了。

我从来没说过想去迪士尼乐园，也从没想过。真里亚说自己去过好几次。但那不过是自卖自夸，被大家嗤之以鼻。

"去买抽奖券吧。"

"几张？"

"欸？不是一人只能买一张的吗？"

排队的时候，里沙大声把其他商品都念了出来。

"二等奖，波斯绒毯；三等奖，微波炉；四等奖，Wii[1]；五等奖，庭石。"

"总觉得根本就没个标准嘛。"

"有什么想要的东西吗？"

"只有Wii。"

"中了庭石，要是家里没院子就没意义了吧？"

真里亚也在抽奖券的队列中排着。大家沉浸在各自的话题中并没注意到，而我一回头就跟真里亚的眼神对上了。真里亚并没有像往常那样死死盯着我，而是有点难为情地移开了视线。大概是因为和妈妈一起逛庙会而感到羞耻吧。

买完抽奖券走进操场，围成圈跳舞的人群便映入眼帘。老爷爷、老奶奶、大叔、大婶、背着婴儿的男人、化着大浓妆的女人、矮小的女孩、男孩，那么多的人都像笨蛋一样做出相同的动作，绕着高台转圈。总觉得实在太搞笑了，我忍不住笑出声。

"怎么了？小喜久你笑什么？"

金本同学对我的变化非常敏感。

"没什么。只是觉得盆踊真好笑呀。"

"为什么？"

"因为都用一样的动作，绕着同一个东西在转呀。"

"盆踊不就是这样的吗？"

"不过真的很好玩。"

---

[1] Wii是任天堂推出的体感游戏机。

"什么嘛！小喜久你是天然呆吧！"

我不经意触碰到了金本同学的红色浴衣。浴衣平平整整的，非常漂亮。

操场上已经排满了小摊小贩。我们买了章鱼烧，边走边吃。吃了之后很快就口渴了，我和金本同学买了弹珠汽水，里沙和穗积同学买了刨冰。

金本同学的个子本来就高，穿上木屐之后看上去就更高了。虽然我也挺高的，但仍旧不敌这人。我们为了不走散，再次牵手行走。

"我今天很开心。"金本同学忽然说道。

"为什么？"

"因为竟然和小喜久这么合得来。"

不知是不是因为祭典的关系，金本同学的脸颊染上了一层红晕。她非常兴奋。的确，不管怎么看，我们都完全是一对亲密的好友。毕竟我们紧紧地手拉着手。

不久以前，我还对金本同学一无所知。之前只知道她很擅长篮球，是个不服输的女生。事实上，她有个上初中的哥哥，哥哥也在打篮球。她会把喜欢的搞笑艺人出场的电视节目全都录下来（金本同学称呼搞笑艺人的时候，还会用敬称呢，比如会叫"艺人小姐"）。小学二年级得过麦粒肿。这些事情全都是最近才知道的。

"之前小喜久身边不是总有真里亚黏着吗？总觉得中间隔了一堵墙。就算想要靠近一点都做不到啦。"

"没错没错！"穗积同学也回头说道。

穗积同学的头发特别直顺，分三股扎的辫子，已经松开了一半。散开的发丝把肩膀上的小菊花都遮掉了一朵。

"所以尽管真里亚特别烦人，能这样和小喜久和睦相处还是好开心。"

我不知道说什么才好。

"谢谢。"我只能这么说。

我的脑海中浮现出了难为情地躲闪视线的真里亚，而她又很快变成了在踮脚桥狠狠盯着我的真里亚。真里亚被大家所讨厌也是不无道理的。明明牵着金本同学的手，我却想起了刚才触摸踮脚桥栏杆时那种粗糙的手感。

"啊！小喜久！"

传来了肉子的喊声。朝声音传来的方向望去，只见大阪烧小摊的餐桌上，还坐着老佐、善治先生、金子先生和聪田太太，正在喝啤酒。肉子正朝我猛力挥手。

"玩得开心吗？！"

肉子就算喝酒也不会像善治先生那样满面通红。不过一眼就能看出她喝醉了。她原本的眯缝眼会眯得越来越细，眼角耷拉垂下来，嘴上说的话也会变得没羞没臊，立刻让人想起肉子对那群渣男的态度。

我没有回应她，只是轻轻举起手来，直接走开了。当时我松开了金本同学的手。

"咦，那是小喜久的妈妈吧？"

金本同学发问了。自从有过"修罗场"那件事之后，大家都会摆出一副看好戏的表情，一个个都兴致盎然。我已经有点厌恶了，就略微粗暴地回答道："是啊。"

"看上去特别年轻呢。"不知是不是在顾虑我的想法，金本同学凑近我的脸说。

"是吗？"

"很年轻哦。"

哇哈——可以听见肉子的笑声。年轻可不是什么夸奖的话。这代表着她一点都不像大家的"正常"母亲。

"不过你们一点都不像。"

金本也说出了大家必定会说的这句话。肉子的眼睛眯成一条缝，眼角下垂，邋邋遢遢，双下巴。

"是吗？"

"嗯。完全不像。"

我突然对没穿浴衣的自己感到很羞耻。干吗踩着沙滩拖鞋这种便宜货来逛庙会啊。

再回过头，肉子又从大阪烧小摊的老板那里买了一杯啤酒。那男人顶着一头脏兮兮的金发，发丝根根竖起。唉，他是肉子喜欢的那种类型。

"我来尝尝这个大阪烧好不好吃咧！

"噢噢，你别紧张呀！

"要是味道不好，就让他把钱退给我们！"

肉子嚷嚷个不停。她自己明明从来没在家里做过大阪烧的。在这种场合卖弄大阪口音，真的浅薄极了。

"走吧。"

松开一次的手，没有再牵上。金本同学"嗯"地答应一声，跟在我后面。

我们去了捞金鱼的小摊。里沙捞得最多，可她又把捞上来的金鱼都还给店家了。

"会被猫都吃光的。"

我还是第一次知道里沙家养了猫。

我在打靶的时候中了一个城堡的塑料模型。大家看见模型都笑了。又买了烤鱿鱼，坐在校园里的秋千上吃了。肉子说过，大阪的烤鱿鱼可不是这么整只烤的，而是和鸡蛋一起煎的。当然我没把这个告诉大家。

"真好吃啊！"

"是啊。"

烤鱿鱼这种东西，不管吃过多少次，还是外面卖的最好吃。

沙坑那里有带着小孩子的一家人，他们正喝着啤酒眺望高台。虽然我没喝过啤酒，但在外面喝滋味一定更棒吧。

"这会儿要是再放上一发烟花就圆满啦。"

"是啊。"

或许是走累了，大家都脱下木屐，光着脚。脚一沾上泥土，便接连高叫："地面软绵绵的！"

光着脚在校园里晃晃悠悠行走着的三个人，身影就好像环子一样。浴衣的下摆都被泥沙弄脏了。

"啊，是班上的男生！"

穗积同学所指的方向，聚集着一群班上的男生。他们登上攀爬架，正吃着形状夸张的刨冰。

"啊！"

男生们看到我们也叫唤起来。

暑假明明才刚开始，在上学之外的场合遇到男生，还是有种奇妙的难为情。男生们也一样吧。他们一改平时那种讨人厌的口气，只是扭扭捏捏地看着我们。

"你们吃什么呢？"穗积同学鼓起勇气问道。

答案是一目了然的，刨冰。不过——

"刨冰！"男生规规矩矩地回答道。

让人挺愉快的。

盆踊的曲目变了，换上了《东京音头》[1]。有满头大汗离开大圆圈的人，也有加入圆圈中的人，操场上激起一阵波浪。装了灯珠的樱花树显得比平时更大，有点吓人。

"给我们吃一点！"

"那来我们这边啊！"

---

[1]《东京音头》是日本的著名歌曲，也是盆踊的必备曲目之一。"音头"是日本民谣的乐曲种类之一，一般由一人独唱配上众人和声。

"你们过来啦！"

大家都不太好意思，咯咯地笑着。谷中一直盯着我看。他就是喊出"不妙，女生要闹分裂了"的男生。我不再和真里亚在一起了，不知他会怎么想呢？不知为什么，我突然对谷中很来气。站着说话不腰疼，我心想。

我的视线刚从谷中身上移开，就看到二宫在攀爬架的对面走过。

"啊⋯⋯"

二宫身边一起走的还有樱井和松本。感觉也已经好久没注意过那两个人了。

"啊！那是樱井和松本吧。"里沙说。

里沙有点斜视，就算在看我，视线也好似在望着天空的某处。

"你们知道吗？那两个人经常会来看小喜久哦。"

"当然知道！"

大家闹腾起来。松本和樱井也注意到了吵闹声，望向这边，望向唯独没穿浴衣，只踩着沙滩拖鞋的我。

"是见须子。"

而我盯着二宫。

哈啊啊啊啊 假如你想尽情舞蹈 就来点东京音头 来呀来呀 [1]

---

[1]《东京音头》的歌词。

　　我从来没去过迪士尼乐园，也从来没和着《东京音头》跳过舞。

　　我在东京究竟做过些什么呢？

　　"瞧呀，那两个人又在盯着小喜久看呢。"里沙说。

　　里沙的舌头已经被蜜瓜刨冰染成了漂亮的绿色。

　　二宫咧开嘴露出牙齿，怒目圆睁。在黄色灯光的照耀下，二宫看上去活像个小恶鬼。

来呀来呀

16

那还是在海中捕鱼的时候。

她的面前是一大群沙丁鱼。接二连三地撞进鱼群中，让沙丁鱼陷入混乱，接着同伴们就会把落单的鱼捉住。等同伴们吃饱了，再换班。虽然鲸鱼就在远处，但鲸鱼不会靠近这边，更何况，鲸鱼本就不是敌人。

最可怕的是鲨鱼。她已经好几次目睹同伴死在自己眼前了。

她是离群一年左右，长大之后与同伴们共同回到故乡的年轻雌性。沙丁鱼们在她的面前骨碌骨碌地回旋。当她撞向鱼群，它们会唰地让开一条空道，接着又变回原来的鱼群。简直就像一整只巨大的生物。

正当她吞下几条沙丁鱼的时候，突然眼前一黑。

即便是经历过种种危机的她，也产生了不祥的预感。

她所了解的大海中，敌人不少，有杀戮，也有阴暗之处，但绝对没有这么漆黑。

现在的大海，无比，无比地黑暗。

展开沉重的翅膀向上升，只见海面上有一片黑色的团块。同伴们都聚在一起悬浮在海面。总算松了口气。可一来到海面，就看见远处有一艘从未见过的大船，在向左倾倒。黑色的物质从船中排向海面。这是她至今见过的最不祥、最可怕的景象。

同伴们惊慌失措，有的互相啃咬，有的潜入海中胡乱游动，可很快就有一只显出痛苦的姿态。是因为喝了黑水！不知是谁喊道。不能喝黑水啊。

有一只痛苦挣扎着死去了。一只死后，另一只也死了。

她害怕得浑身发抖，像其他同伴一样，向着岸边全力游去。翅膀好沉重。大海被黑水彻底覆盖了。她看见了无数鱼类、鸟类，还有那么强大的鲨鱼都变作了尸骸。味道臭极了。

总算游到了沙滩，那里也堆满了数不清的尸骸。有同伴，有死敌，有鸟，也有鱼。几天后还有巨大的鲸鱼尸体被冲上沙滩。

她的身体被黑水污染了。黑水从她身上一点点夺走体力。不过或许因为在那之前就吃了不少沙丁鱼，她与同伴在沙滩上活了下来。

她已经不是第一次见到人类了。人类中尽管也有几个会伤害她们，但大多数只是在远处观察她们而已。

但这次不一样。人类是来抓她们的。她们拼命逃窜，可陆地对人类更有利。一转眼她和同伴们就被抓住了。她们被关进大大的牢笼，直接装上了卡车的货架。回过神来，自己待在一个小房间里。

她疯狂地攻击打开牢笼的那个人，可人类用绳子绑住她的喙，两个人把她抱起来。沾满了黑水的身体无法自如活动。

人类把她放进了起泡的浴缸，从上面淋水，热心地用刷子擦洗她的身体。她太过害怕，几乎丧失了心智，可同时又感到身体在逐渐变轻松。等到完全恢复原来的轻盈时，人类抱紧她，说了些什么。接着嘴上的绳子被解开，她被带去了另一个房间。

那里有恢复原状的同伴们，有水池，有陆地。同伴们正在吃着桶里放的沙丁鱼和鲱鱼。尽管这些沙丁鱼和鲱鱼都是死的，但饥肠辘辘的她还是忘我地吞食起来。接着她和同伴们一起在水池中游泳，直到累了就入睡。

那里的生活不知持续了多久，她们再次被装进牢笼，运上卡车。卡车里黑漆漆的，虽然摇晃了很长时间，但她并不觉得害怕，因为她闻到了大海的气味。

从卡车上下来，她们看到的果然是一片大海。但已经不是她们所生活的，有家人们正等待着的那片大海。那里有许多人类，停着汽车，还有货物。最重要的是有那艘"船"。

可那艘"船"和把海洋变作黑水的船完全不同。那艘船平静又安稳。她们坐着船，经历了一段好长好长，长到几乎昏眩的旅途。

　　她被送到了某个设施。那里倒是有不少同伴。有巨大的鲨鱼，还有蝠鲼、翻车鱼、水母和高脚蟹。设施特别大，她生活的水槽也非常大。她时常会离开水槽，到海豚所在的水池洗个澡。海豚们非常聪明，人类总爱亲近它们。

　　她在那里生活了几年。虽然她是只年轻又健康的雌性，但是没能生下孩子。

　　分别突然降临，卡车又开来了。同伴们为她哭哭啼啼的，而设施里的人类哭得更厉害。在离开水槽的时候，人类紧紧地拥抱她。她已经是第二次被人类抱紧。

　　她再次经历了漫长的旅途。那时候的她，早已习惯了卡车的摇晃。卡车到达的地方是一片寒冷的土地。虽然她还不习惯寒冷，但被送去的设施里面还挺温暖的。那里没有以前设施里的同伴们，没有大鲨鱼，没有蝠鲼，也没有翻车鱼。

　　可是有沙丁鱼，有一大群。它们卷起巨大的漩涡，不断游动。时不时会有从漩涡中掉队的一条，晃晃悠悠地漂浮在水中。这激起了她的回忆。

　　真想一头撞进鱼群中去。真想驱赶这群沙丁鱼，穿过沙丁鱼让开的道路，让同伴们吃个够，接着自己也饱食一餐。

　　但是同伴们已经不在了。

　　在那里，她可以待在水槽里，也可以走到外面去。有时候人类会蜂拥而至，更多时候一个人都看不见。

　　新设施的人类给她起了个名字，而且时不时会摸摸她的头，给她清洗身体。

　　给她洗身体时，她会将水流拨开，那水闪着清洁的光芒，但是她不会忘记。

　　那可怕的黑水，她决不会忘记。

　　即便是暑假期间，水族馆依旧冷清。

　　无论我何时去，环子都会悠然地在馆内散步，没有任何人可以阻碍她的步伐。售票处的大叔还记得我，偶尔会说声"嘘——"，不收我的钱就放我进去。这大叔彻底把我当成小孩子了。我每次走到大叔跟前，都会大声地喊"谢谢"来还礼。

　　我平时都是一个人去水族馆的。肉子在"鱼河岸"忙得很，而我又不想去约金本同学和里沙她们。

　　我会从稍远一些的地方看看环子，偶尔摸摸她的头和身子。环子的脑袋依旧毛糙糙的，在水槽的蓝光照耀下，微微发光。

　　环子也会时不时地注视沙丁鱼的水槽。环子平时的饲料就是沙丁鱼，但不知她能不能把水槽里的沙丁鱼跟自己的饲料联系起来呢。

　　"环子她是从非洲来的哦。"饲养员这么告诉我。

　　非洲竟然也有企鹅，我大吃一惊。我还以为只有南极或者北极这种寒冷的地方才会有呢。

　　"而且已经是上了年纪的老奶奶了。"

环子她一直是这么形单影只的吗？她明白自己是只企鹅吗？

"环子。"

就算我这么叫她，环子也并不会做出像只企鹅的回应。

她只是一动不动地盯着绕圈的沙丁鱼。

　　暑假快结束时，善治先生让我坐了一回"大和丸"。

　　这是我第一次坐渔船，也是第一次坐船，我兴奋极了。坐船之前，我想着要读一本有关船的小说，就去书架上寻找。我找到一本《蟹工船》[1]，可翻开第一页就觉得有种不祥的预感，还是放弃了。

　　我无可奈何地重新读了一遍《老人与海》。尽管是第二次看，依旧跟之前一样，读书的过程就好像自己一个人在跟大马林鱼战斗，筋疲力尽。每天一合上书我就会立刻睡着，连续几天都会梦见自己在搬运着各种重物。

　　即便如此，到了当天早晨，我还是会在期待坐船的亢奋中自然醒来。肉子在一旁像平时一样高喊着"好厉害"。肉子说自己对

---

[1]日本作家小林多喜二的长篇小说。

各种交通工具都晕得厉害，就不上船了。那当年又是谁在新干线上吃了四份便当啊？

"大和丸"会在中午之前返航。我和善治先生约好了在"鱼河岸"碰头，吃完午饭之后就去坐船。一看时钟，才七点。我实在等不及了，打算去清晨的港口瞧一瞧。

我悄悄打开房门，肉子发出了"嗯咕噢"的声音，但并没醒来。

我穿上沙滩拖鞋，来到院子里。大概是因为昨晚下过雨，泥土湿润又松软。我蹲下嗅了嗅气味，有一种被水浸透的花瓣香。

去渔港这一路上，我看到了三个蝉蜕。去年我就收集了蝉蜕，将它们像美式橄榄球那样分成两队扮演抢球游戏。蝉蜕并不是尸骸，不过太用力就容易碎裂。

我用脚踩碎了那三个空壳。看见这一幕的海鸥在天空中鸣叫道："非法越境。"

三胞胎老人已经坐在那儿了。

像往常一样，他们抽着很烈的香烟，安静地注视着大海。今天的大海是"乖孩子"。

渔港有几艘夜间外出捕鱼，现在已经回港的船。渔夫和他们的太太正从船上搬出装了鱼的蓝色筐子。

从大家的表情就能看出筐子里一定满满当当的。鱼啪嗒啪嗒地跳动，有几条还从笼子里飞了出来。在朝阳的照耀下，鱼鳞亮闪闪的。平时表情冷漠的猫咪们，只有这时候发出谄媚的叫声，乞求得到几条鱼。猫咪接二连三地出现，让人不禁想问：都是从哪里冒出来的？

三胞胎呼出的香烟雾气，溶化在天空中。

猫咪们或许根本没把烟雾放在眼里，只是投入地吃着鱼。

像煤炭一样黝黑的皮肤，印刻在上面的皱纹很深很深，让人联想到树皮。

"好像是从后面被套上了一个麻袋。"

"然后直接被拖上船。"

"连一句话都不让说。"

三胞胎正在哭泣。我还以为他们只有晚上会哭呢。

我在课堂上学到过，有一些走在港口或者海滩上的人就那么失踪了。在东京也见过这样的新闻，但完全没什么想法。被抓上船，渡过大海去往陌生的国家，这种事就像天方夜谭。

三胞胎究竟在想些什么呢？

我来到防波堤旁，注视大海。哗啦，哗啦，波浪打在混凝土堤坝上，散发出强烈的潮水气味。有一条鱼漂浮着。定睛一看，是只溺死的老鼠。

我看了一眼"当季家庭料理 节气"，只见招牌和柱子依然破旧不堪，四下鸦雀无声。"鱼河岸"和"波"都安静得很。里面大概还有很多老鼠住着吧。死亡的地点和生存的地点，竟然这么近。

咕，肚子叫了，声音特别大。我有点不好意思，跑回了家。

肉子还在睡觉。

我取出两片切片面包，装进面包机。从冰箱里取出玛珈琳和奶酪，用热水泡了速溶咖啡。我还是无法接受黑咖啡。我带着一种内疚的心情加了好多砂糖和牛奶进去。等到杯中的热气不再蒸腾，我喝下温温的咖啡牛奶。

我本想在吃过早饭之后再睡个回笼觉的，可一点都睡不着。我朝着卫生间的镜子，模仿起二宫的表情。我把嘴唇噘得老高，翻白眼，嘴巴大张，露出牙齿。

试过才明白，这些动作真叫人神清气爽，于是我决定每天都这么做。当然，我不会像二宫那样在有人的地方做这种举动，不过像这样面对镜子让脸充分活动一下，似乎能让脑袋更加清爽，好像吸进鼻腔的空气都更加通畅了，真是不可思议。

我在盆踊节之后也见过二宫。

我去吉德买牛奶的时候，看到二宫就站在“MONKEYMAGIC”的猴笼前面。商店街上，祭典的热闹已经消退，这里又变回了平日里那个寂寥的商店街。

猴子很凶暴。有人盯着看，它就会拼命摇晃笼子，张牙舞爪地吠叫。理所当然地，金子先生跟“MONKEYMAGIC”的店主关系很差。金子先生说笼子里的环境太恶劣了，大发雷霆。而“MONKEYMAGIC”的店主反过来骂道“你不也一样把动物装进笼子卖给别人吗？”这场骂战没完没了，金子先生决定再也不从“MONKEYMAGIC”门前走过。

“我实在不忍心看那个眼神。它一点都不信任人了啊。”

我看到"MONKEYMAGIC"的猴子也很难受。它一见到有人，就会露出可怕的表情猛撞笼子来恐吓。笼子倒是不算小，可对猴子来说，压力还是相当严重的。

二宫凑近猴子，近到了路人能达到的极限距离。猴子已经露出怪异的表情，我心想他一定在做鬼脸吧，可其实他根本没做。

"二宫。"

我第一次叫了他的名字，但一点都不紧张。我似乎已经把二宫当成了认识许久的熟人。

"见须子。"

可是当二宫这么叫出我的名字时，我很吃惊。

"你认识我？"

"认识啊。"

"你在干什么？"

"看猴子。"

"唔嗯……"

"你呢？"

"我是来买牛奶的。"

"是吗。"

对话戛然而止。但我没有离开，只是站在二宫旁边盯着猴子看。我心想，最好别有学校的学生路过。可我又想，就算有人路过也无所谓。

"嗯嘎啊啊啊啊啊啊啊啊，吱吱吱吱吱吱吱吱！"

　　猴子果然露出利牙，做出攻击态势。它吵得太厉害，连"MONKEYMAGIC"的店主都从里面探出脸来。

　　"你们两个，不打算买东西的话，就赶紧走啦。别把猴子惹急了。"

　　那你为什么还要把笼子放在店门口？我心里这么吐槽但嘴上什么都没说。二宫也什么都没说，我们畏畏缩缩地离开了笼子。

　　"我们之前在巴士上见过吧？"

　　"嗯，见过。"

　　二宫也看到我了。我还以为当时他压根没注意到我。

　　"你是去了水族馆吧？"

　　"嗯。"

　　"那是你妈？"

　　"是啊。"

　　"一点都不像呢。"

　　"嗯。"

　　不知为何，别人说来会让我羞耻难当的话，从二宫嘴里说出来，就变得让我没什么可害羞的了。是因为我也看过二宫的鬼脸吗？拜见过了二宫舔舐窗户留下的口水吗？

　　"二宫你是去哪里呢？"

　　"我去长寿中心。"

　　我的猜测是正确的。当时没来由地觉得二宫会在下一站下车。

　　"那是干什么的地方？"

"我也不清楚。"

"那你去做什么？"

"做模型。"

"模型？"

"嗯。房子啦，轮船啦，城堡啦。"

"为什么？"

"是爸妈叫我去做的。"

"让你去做模型？"

"没错。"

"为什么？"

"我好像必须把精神集中在一件事情上。"

"所以就去做模型？"

"对。"

"为什么？"

"其实也不必非得是模型啦，只要能集中精神就好。不过我还是觉得做模型最有意思。"

"我问的不是这个，你为什么必须要集中精神呢？"

"啊啊，你问这个啊。你也知道我的情况吧？"

这时候，我才第一次看清了二宫的脸。这才注意到，一直以来都觉得二宫眼神阴暗，是因为他的眉眼很深。二宫的眉毛和眼睛靠得特别近，眼睛那里形成了一圈阴影。

"我经常会让脸活动一下。"

二官把做鬼脸说成"让脸活动一下",真是太好笑了。他的口气就好像"让身体活动一下"那么平常。

"我知道。就是把嘴巴噘起来那个吧。"

"对。"

"刚才我还在想,你看猴子的时候肯定会做鬼脸的。"

"不,当时我只是把精神集中在猴子身上。"

"你集中在一件事上,就不会做鬼脸了啊?"

"你果然以为我是在做鬼脸。"

"当然了。因为你又是露牙齿,又是翻白眼的。难道是病吗?"

"我不知道。不过,我自己也控制不住。"

"控制不住脸上的活动?"

"嗯。我明白大家都会觉得很怪异,可就是突然间忍不住想让脸随心所欲地活动一下。"

"原来如此,你其实并不是故意要做鬼脸啊。"

"你也有过突然想狂奔出去的时候吧?就是那种感觉,我实在太想让脸活动一下,根本拿它没办法。"

"这样啊。"

"而且,和大家在一起,越是想着不能被人家看到越是控制不住自己。"

"你也有被其他人看到过吗?"

"有啊。不过没有像你这样死死盯着我不放的。"

"因为,那个表情真的很夸张嘛。"

"你觉得很诡异吧？"

"没有呀。"

"你不必顾虑我的心情。我爸妈也觉得很诡异，才让我去做模型的。"

"果然就是生病了嘛。"

"靠我自己是控制不住的。"

二宫嘴上这么说，却并不显得很痛苦。他就像是个被强行安排了额外工作的大人，只是淡淡地讲述自己的"现状"。我觉得那很不可思议，但又不觉得有多么奇怪。二宫原来是这样的一个孩子，我心想。不知为什么，我仍旧觉得二宫是个似曾相识的人。

我们已经走到了猿商的尽头。平时的我会在锁店门口偷偷窥视麻希小姐，但今天没去看。

"牛奶要变质喽。"二宫说道。

我便挥挥手离开了。

之后也跟二宫见过面。

我从没跟他有过约定，只是有种莫名的预感，一去猿商，就看到二宫站在猴子面前。二宫也逐渐开始在那里等我。我走近的时候，他也并不会专门打招呼，只是"噢噢"地回应一声。

和二宫见面的时间，不过是在猿商散步的几分钟而已。在镇上最热闹的街道，跟男生走在一起，是非常危险的事。不过总比在踮脚桥前或者色色神社里聊天好多了。在猿商见面，就算被别人瞧见了，也能用"偶然遇到"作为借口。

"从什么时候开始的？"

"你说脸会乱动吗？"

"是啊。"

"不知道。我意识到的时候已经是这样了。其实是爸妈比我更早注意到的，说很奇怪之类的。爸妈一脸担心地盯着看，我的脸就更控制不住了。我也知道不能这样，会被当成怪人的。"

"这样啊。"

"我还以为大家都是这样的。以为让脸活动一下是正常的事。可并不是这样。"

"我有点能理解你的心情。"

当时我每天都会在家模仿二宫做鬼脸。

"让脸活动一下很舒服哦。"

"根本不是舒服不舒服的问题。怎么说呢……就是一动就停不下来吧。"

"原来如此，我好像不会这样呢。"

"就是很诡异吧？必须瞒着别人才行吧？"

"嗯……我也不懂。"

"你看到我这样，不会觉得好笑吗？有没有觉得好怪异，好恶心？"

"倒是没有觉得很恶心，说实话是惊到了。"

"是吗？"

"因为你在巴士里舔窗户啊。"

"原来你连那个都看到了。没错，当时我知道你在车上，但就是无论如何都想舔窗户。"

"看来完全忍不住呢。"

"没错啊。唉——我果然是得病了。"

二宫的脸上根本不是"唉——"的表情。从二宫日常说话时平静的样子看来，根本不觉得他会有这种"一动就停不下来"的热情。

"再见。"

"嗯。"

不论聊得多么投机，我们都必定会在猿商的尽头道别。

其实我还想问二宫要不要一起去坐"大和丸"的。虽然跟模型不同，但是坐船大概也能集中精神吧，说不定是个很好的机会呢。可是我终究还是没有邀请二宫。

二宫总是滔滔不绝地讲自己的事，从来不问我任何问题。假如他问我"你有没有什么烦恼"，我已经准备好把跟真里亚之间的事情、一班女生的情况，还有更多不为人知的事情告诉他了。

从船上看到的大海好蓝，特别蓝。

明明早就知道很蓝，明明是每天都见的大海，可真的好蓝呀，我不禁高喊出了声。善治先生把船开出了能达到的最快速度。

雪白的水花像子弹一样飞溅出来，在空中聚成圆形。当水滴咻地画出弧线时，船已经开出了老远，又有其他水花落在我身上。

"大和丸"散发着强烈的鱼腥味，与潮水的气味混合在一起。

善治先生看着一点都不晕船的我，不禁夸道"真厉害啊"。

我完全泰然自若。

船一转弯，就倾斜得厉害。每当在浪头上跳过，胃就有猛然间飘浮起来的感觉，但我还能接受。一片蔚蓝变得越来越蓝，蓝得让人几乎要忘记蓝色究竟是怎样的色彩。

"你瞧，那边的颜色不一样吧，因为突然变深了。"

水花打在我的脸上，凉得让人打战。

"那就是海沟。"

我在那时候是闭上眼睛的。可我跟善治先生说，我知道。海沟，这里是老鼠肯定无法游过的地方。

明明是善治先生载我来的，可不知不觉间，我有种恍若是一个人来到这片海面的感觉。

仿佛是我一个人驾驶着船，全速前进来到了这里。

_18_

∽

一感到秋天的气息，肉子眼看着就胖起来了。

俗话说"食欲之秋"，可我从没见过谁能把这句话表现得如此淋漓尽致。上课时，每当窗外有卖石烤红薯的卡车驶过，我都会立马想到肉子。

厨房里，肉子买来的红薯堆成了山。把红薯放进微波炉转一转，再加上从吉德买来的速冻肉包子，就构成了肉子最近沉迷的组合，有事没事都在吃。我在家的时候，不知听到多少回微波炉发出"哔——"的声音。

"对于小喜久就是读书之秋吧！妈妈根本就没机会挤进来，只能过食欲之秋啦！"

"又没人规定只许一个人读书。"

"写作'谷物歉收'，怎么就读作'欲'呢！"

"不是还有'艺术之秋'这种说法吗？"

"啊！"

"肉子，你放屁了吧？"

"抱歉！"

肉子只要一吃红薯，就肯定会放屁。

她的身体构造也一样简明易懂。

第二学期一开始，我就不再跟二宫聊天了。

我知道他就在二班，而且现在他也会跟着樱井和松本来我的班上。

樱井和松本假装找我们班的男生有事。二宫就跟在他们身后，依旧是一副阴暗的表情，却根本不看我。所以我也决定不去看二宫。

那三个人来到教室，里沙和穗积就兴高采烈的。

"啊，那两个人，又来看小喜久了哦。"

可是她们从来没意识到二宫也在。

我时常会想，二宫该不会也是幽灵吧？

我不明白他为什么总要跟樱井和松本混在一起。我从来没见他们俩跟二宫说过话，说真的，我根本没见到二宫跟任何人说过话。

大家都能看见二宫吗？都做出那样夸张的表情依然没有引来他人的视线，也太奇怪了。这么说来，真里亚好像有谈论过樱井和松本，却从未提起过二宫。不过现在也不可能听到真里亚对其他人评头论足了。

新学期开始后，我才明白真里亚为什么会跟妈妈一起去盆踊节了。

因为真里亚已经被赶出了森同学那个小组。

森同学和金本同学之间本来也没有什么矛盾。只不过她们同为班级中的小头目，还一样擅长篮球，就自然地站到了对立面。然后真里亚就看准了这个机会。

真里亚对从来不会选择自己的金本同学有很大怨气，对选择了自己却只把自己安排在第四号位置的森同学也不怎么信任。她想趁着两人闹分裂的时候，让自己在女生中占据优势地位。

明智同学在对穗积同学说这些的时候，我也听到了。

最终，班里再次恢复到森阵营和金本阵营的局势。而班上唯一被孤立的人，就只有真里亚了。

听说自从跟森同学她们一起玩以后，真里亚就开始说我的坏话了，说我是叛徒啦，太嚣张啦，之类的。

听到这些虽然很震惊，但也在我的预料之内。不过能嬉笑着抖出这些事的明智同学，也让我觉得挺不可思议的。

明智同学不也在踮脚桥上跟真里亚一起嘲笑过我吗？

我觉得真里亚被人讨厌也是无可厚非的。她太想让一切顺着自己的心意运转，太过于激进，最重要的是，太过坏心眼了。我永远无法忘记真里亚盯着我的眼神。

不过，明智同学她们把真里亚赶出小组，也实在是蛮不讲理。就算不想继续跟真里亚一起玩，也没必要来找金本同学的小组和好如初嘛。

　　我觉得，班上的女生在紧张的气氛中，终究是各自心怀不安的。然后她们找到了真里亚这个共同的敌人，总算能放心了。

　　我也不得不将视线从真里亚身上移开。

　　我在心里也曾经想过，要是真里亚来找我求助该怎么办？我不喜欢事情变得麻烦。

　　可是，真里亚并没有将目光投向我。因为她也明白，狠狠盯着我的那次，还有说我坏话的种种，都不可能一笔勾销。

　　盆踊节那天，她难为情地躲开我的视线，并不是因为和妈妈一起过节，是因为对我做过那些过分的事而感到羞愧。

　　"真里亚她一定是在嫉妒小喜久啦。"

　　"对啊，因为小喜久很可爱嘛。"

　　"而且还擅长运动。"

　　"真里亚长得又不可爱，亏她有勇气穿那种全是花边的衣服呢。"

　　"太好笑了。"

　　"是因为跟小喜久在一起的时候，不想输给她吧？"

　　"这不是很明显吗，输得太彻底了！"

　　"明明都输了，真里亚还特别爱炫耀呢。"

　　"对啊对啊！"

　　"说明对自己很没自信嘛。"

　　"就是说啊。要是穿普通点的衣服，就没法赢过小喜久了！"

　　"亏得小喜久愿意跟真里亚和睦相处呢。"

"从三年级开始就在一起了吧？"

"小喜久太温柔了。"

"而且还那么可爱。"

"就算想要跟小喜久一起玩，真里亚也一直夹在中间阻挠。"

"我也这么觉得！"

"就好像在宣告'小喜久是属于我的'一样呢。"

"就是就是！"

"所以现在真是太好了，小喜久总算解放啦。"

"对啊，这样就能放心地一起玩了。"

"太棒啦，小喜久！"

跟肉子形成鲜明对比，我一点都吃不下。

肚子刚才还叫得那么响，一转眼就彻底平静了。才吃几口老佐做的饭，肚子很快就饱了。

我的食欲都被肉子抢走了。

19

三胞胎已经不在了。

港口上只有那些"非法越境"的海鸥和为鱼而来的野猫。收工回来的船，发出吱吱声，就好像快要哭出来一样。"大和丸"与其他船并排在一起，就显得很小。它在海上明明是那么可靠。

甲板上，蓝色的筐子倒扣着。肯定是因为鱼腥味太强烈了。

过不了多久，肉子也会来渔港，去"鱼河岸"上班。

回到家里，肉子很少见地已经起床，正为上班做准备。

"小喜久，你回来啦！"

肉子边说边回头，因为没有绑头发，披头散发的模样好像哪里的妖怪。睡一觉头发就能乱成这样，太夸张了。

"今天过得怎么样呀？"

一看就知道，肉子肯定遇上什么好事了。肉子的嘴角已经翘到了不能更高的位置，小小的瞳仁里浮现出"喜不自胜"这个词。根据我过往的经验，脑海中立刻浮现出了卖大阪烧的金发男人。实在是让人没法忍受。

"没什么呀。很普通。"

"普通啊！普普通通就是最好的啦！"

肉子顶着毫不普通的发型笑了起来。我想起一班女生的矛盾，又想起"修罗场骚动"导致一连串有关肉子的流言，气不打一处来。

"肉子你觉得什么算是普通？"

这明显是挑刺的说法。准确地说，我特地用带刺的口气说话。肉子把便宜的饼干丢进嘴里，鼓着腮帮子咀嚼了一会儿，才开口说话：

"普通嘛，就是吃饭、大便、学习、工作、洗澡，还有睡觉呀！"

这种好像学校老师在说教似的回答究竟算什么？

"那像你形容那样过着普通生活的人，这世界上一个都不存在啦。"

明明嘴里的还没吃完，肉子又伸手去拿了一片。她怎么还能悠闲地吃饼干啊？

"为什么！"

"哪有什么为什么？怎么会有人能每天都过得单调又平常呢？那肉子你觉得和我在一起生活算普通吗？我们两人的生活呢？"

肉子拿着饼干，一声不吭地盯着口气有点失控的我。

我突然变得不好意思起来。这样就好像在把闷气都出在肉子身上。就好像在嫉妒肉子快交到男朋友了一样。我拼命抑制住自己的感情，闭上嘴巴。

不管对肉子说些什么，都改变不了任何事。毕竟肉子就是这么一个人。

"小喜久，我们的生活，不就是吃饭、大便、学习、工作、洗澡，还有睡觉吗？"

肉子依旧顶着妖怪似的发型，盯着我看。她的眼睛深处依旧写着"喜不自胜"，左手依旧拿着饼干。她似乎根本没注意到我的坏心情。我松了一口气，或者说为她的迟钝感到吃惊，接着才慢慢开口：

"照这么说，全世界的人都是这样了。"

"可是可是可是，世界上还有很多没饭吃的人，还有无家可归的人呢！"

我叹了一口气。

"你怎么跟老师说一样的话？"

"我可是在电视上看到的！"

"肉子……"

没想到对话会以肉子全力向我灌输"电视上放的都是对的"而告终。

我无话可讲，就说要去港口转转。肉子大喊：把红薯带上！我还没来得及回答，她就把一只红薯塞进了微波炉。滋滋滋，听到微波炉旋转的声响，又看到肉子的笑容，也没了争执的力气。

145

　　那群渣男会被肉子吸引过来，或许就是因为她这种难以言喻的蠢劲吧。不管对方有多焦躁，火气有多大，肉子都是发自内心地毫无察觉。

　　并非装聋作哑，也并非不体谅他人，肉子是真的一点都不懂。不管是面对世上发生的一切，电视上说的事，还是渣男嘴里的谎言，她都毫不怀疑，就这么活到了三十八岁。简直难以置信。

　　我捧着热乎的红薯，在港口漫步。肚子里好像还积蓄着刚才的愤懑与怒火，心情很差。假如肉子有同学的话，大家会怎么看待她呢？面对形单影只的真里亚，肉子会爽快地找她搭话吗？

　　一只橘色野猫向我靠近。它已经相当大只，脏兮兮的。

　　"你手上的是鲣鱼干吗？"

　　它紧紧盯着我捧着的红薯。给！我炫耀似的把肉子给我的红薯递给它。

　　"这是红薯哦。"我回答道。

　　"啥？"大橘猫说完，就开始舔自己的前爪。

　　我在三胞胎常坐的位置坐下，眺望大海。明明坐在船上的时候觉得那么蓝，从这边看去却是绿色的。沙丁鱼们一定在某个地方制造着漩涡吧。会有一条落单的沙丁鱼，轻飘飘地坠落到海底去吧。而环子今天也一定会孤单地在馆内徘徊吧。

　　电视上看到的企鹅，都以快得像子弹的速度在海中畅游。与其说是游泳，不如说是在飞。让人感叹：它们还真是鸟啊。我也想看看环子在海中游泳的样子。

我感到一股气息，回头一看，大橘猫已经来到了身旁。

"你手上的是什么？"

"都说是红薯啦。"

"啥？"

"分一点给你吧。"

"啥？"

我把红薯掰成两半，用手指挖出黄色的薯肉。因为担心猫咪怕烫，又呼呼地吹了好几次，直到凉透。把薯肉摆在大橘猫面前，它反复嗅了好久，终于吃了。看到大橘猫在吃，我也有点想吃了。这只红薯大概晾了太久，已经没了水分，干渣渣的，但非常甜。只要咬上一口就停不下来，我一口气吃光了。

吃完红薯，大橘猫还是没走。它紧盯着我留下的红薯皮。我把皮也给了它，它却不再来嗅探，直接躺平了。大橘猫的肚子胀鼓鼓的，有可能已经怀孕了，也有可能刚吃过老鼠吧。

远处传来摩托车的轰响。是老佐午休完回来了。我顺着声音望过去，只见老佐戴着松垮垮的头盔，正沿着海岸边的国道朝这边驶来。

"噢，喜久。"

老佐一注意到我，就打了声招呼，

"你在这种地方干什么呢？"

"'这种地方'？这儿就是我家后边嘛。"

"这儿才不是你家后边，是你家在渔港后边啦。"

"是吗……"

"肉子呢？"

"刚才还在家里做准备呢。大概已经走出来了吧。"

"这样啊。那家伙最近又变胖啦。"

"嗯，一直在吃。"

老佐把摩托车停在店门口，我还以为他会直接去做营业前的准备呢，没想到又回到我这边来了。老佐平常会穿着白色的大厨袍回家，打个盹，然后再回来。他的白胡须加木屐，从远处看就像个仙人。

老佐在我身旁蹲下，掏出香烟，点上火，呼地吐出烟雾，接着就一动不动。老佐的眼睛在阳光照射下，显出一种绿色。我听说过，这是一种叫青光眼的病。据说有一天会真的变成漂亮的绿宝石那样。

"老佐，之前有老鼠在那儿淹死了。"

"是吗？"

"还是挺大的一只。"

"真可怜啊。"

我还能清楚地回忆起老佐大手一挥把老鼠丢出去的样子呢。

"有几只还是能游回来的。"

"你知道吗？"

"你也知道吗？"

"嗯。"

"厉害的家伙就能游回来，不过，大多数都难逃一死啦。"

我看了一眼老佐的脚，他光脚穿着木屐。小脚趾的趾甲已经碎了，大多数趾甲都变成了紫色。果然是老爷爷的脚，我心想。

"老佐。"

"嗯。"

"肉子的男朋友来鱼河岸了吗？"

"啊？那家伙怎么回事，又有男人了吗？"

我还以为老佐有可能知道，所以想套一下他的话。结果为自己的拙劣行为感到脸红，只好蒙混过关似的大声回答：

"我没什么兴趣啦，没仔细问过，不过她从盆踊节之后心情就格外好，我在想，她是不是和那个金发小哥在交往啊？"

"金发小哥？"

"嗯，就是那个谁，好像是小摊上那个吧？我都不太记得啦。"

这是瞎说的。我清楚地记得他的长相，连他在煎大阪烧时候的手指尖都记得清清楚楚。"盆踊节之后心情就格外好"也是骗人的。因为我实在说不出口，刚才看到肉子眼睛深处的"喜不自胜"真的让我好在意。

"不知道啊。好像没那样的人来过。"

"是吗……那有可能是在别的地方见面吧。明明不用瞒着我啊。"

"说不定根本没这号人。"

"我倒是怎样都无所谓啦。"

老佐不说话了。这种沉默让人难受极了。我反复思量肚子里的红薯和闷闷不乐的情绪。老佐的香烟雾气总也不散去。这烟好烈。

"老佐，你认识三胞胎老爷爷吗？"

"三胞胎老爷爷？"

"他们偶尔会坐在这里。三个人一起。"

"坐在这里？我不认识啊。"

传来了"呜嘤、呜嘤嘤"的叫声。看了一圈，刚才那只大橘猫正在不远处呕吐。看它的姿势，我还以为要吐出一只老鼠来，可转眼间就吐出一团毛球。

太好了！紧张的心一落下就不小心放了个屁，噗地出了声。我难为情地看了看老佐，而老佐只是依旧漠然地吞云吐雾。

"不认识啊。"

我还以为老佐什么都知道呢。

_ *20* _

🐟

　　"好像有个特别漂亮的女人在拍写真呢。"在第二学期念到厌烦的十月里，某一天明智同学打来电话告诉我这件事。

　　这还是明智同学第一次打电话到我家来，我很是惊讶。她大概是察觉到了我的惊讶，便说道：

　　"我查了联络表。"

　　接着又加了一句"抱歉"。因为有人在"鱼河岸"包场，肉子早早去上班了，家里就我一人。

　　"你不用道歉啦。"

　　我这么一说，越过电话线都能感觉到明智同学放下心的样子。

　　"好像是什么模特哦，听说现在就在色色神社的阶梯上拍照呢！一起去看吧！"

　　"大家都去吗?"

"大家？"

"班上的其他女生。"

"啊，那我打电话问一下。"

原来明智同学只想约我一个人去的。

"嗯。都拜托你咯。"

"那就待会见哦。"

"待会见。"

就算挂断电话，也觉得胸口有根小刺，在若有似无地拉扯着。

我察觉到，最近明智同学突然想要拉近我们之间的距离。课间休息时，我还来不及站起来上厕所，她就会来到我身边。大家一起玩的时候，也靠得尤其近。或许是因为她曾经和真里亚一起嘲笑过我，想要以此来赎罪吧。说实话，这让我很不自在。同样曾经蔑视过我的小吉和沙耶香，好像有些怕我，根本不会接近我。

金本同学跟森同学又跟以前一样，回到了平分天下的时代。更好的是，恢复原样之后，篮球的组队就用猜拳来决定了。就算第一次没进球队，二十分钟的休息时间里，隔十分钟就会替换一次队员，非常公平。

在班上，只有真里亚依旧是孤单一人。

只要真里亚还在，我们就很和平。大家也不再说真里亚的坏话了。如今谁都不会说任何人的坏话，对我来说本应很是开心，可唯独真里亚的存在，会隐隐刺痛我的胸口。就好比一幅美丽的画上，有一道消不去的划痕。

真里亚在休息时间里，会一个人坐在位子上看漫画。那是我们每期都会向她借来看的漫画出的最新一卷。可谁都不说"借我看看"，也没人说"学校不允许带漫画来"。

即使做运动会的练习，和真里亚一起叠罗汉的同学也不跟真里亚说话。她们并不是故意使坏，只是不跟真里亚搭话而已。

去跟她说句话吧，我这么想过好几次了。我知道真里亚会时不时看向我，我觉得大家也差不多该原谅真里亚了。

可每当这时，我心中的一股力量就会把这想法按回去。我或多或少明白这股力量从何而来，每一次我都会屏住呼吸，将这想法一点，一点地杀死。

因为我家离色色神社最近，所以我比大家都更早到达。

阶梯之下，聚集着想要一睹摄影现场的街坊大婶、初中女生和男孩。大家究竟都是从哪里得到这种信息的？这着实让人惊讶，不过既然能一睹摄影现场盛况，流言四处乱飞也是挡不住的。

坐在阶梯上歪着脑袋看镜头的女孩，真是可爱到令人难以置信。她的脸蛋只有肉子的一个拳头那么大，脖子又长又白皙，身穿黑底搭配荧光粉圆点的蓬松长裙，从裙中露出的美腿，差不多只有手臂那么粗。

她的眼睛几乎占据了整张脸的大部分。恐怕连这一带的猫咪们都会吃惊。从我这边看去，都能看出她的上下睫毛特别长，又卷又翘。那女孩还时不时用手指从下往上撩起睫毛，手指也非常纤细。她束了一个好大好大的丸子头发型，耳朵上垂下许多跟长裙圆点一样的圆形发饰。就像一个洋娃娃，我想起这个滥俗的形容。可她真的就像个洋娃娃。

咔嚓、咔嚓。

每当沉重的快门声响起，安装在阶梯上的闪光灯就会亮起。每一次我都会被炫目的亮光刺激得几乎要叫出声。

有一种突然闯进另一个世界的感觉。

深绿色的苔藓常年不见日光，让阶梯绿得发蓝。巨大的粉红圆点飘浮在阶梯之上。其中一个仿佛就要忽地脱落下来，顺着阶梯一弹一跳地滚过来。

我的家明明就在附近，我明明每天都会经过色色神社，现在却觉得这是个彻底陌生又不可思议的地方。

"看啊，她的脸只有牡丹饼那么大吧。"

"真的是啊。"

"为什么要在这种地方拍照呢？"

"好像是哪个著名摄影师吧？"

我一看阶梯之下，有大约四个人背对着我站立，摄影师的身旁还蹲着两个人。两人都带着笔记本电脑，通过线缆与摄影师的照相机连接在一起。总觉得像是所有人在共享同一个心脏。

我立刻就明白了，他们是从东京来的。

　　一个拎着大提包的女人时不时叫停摄影，跑到女孩身边，把她起卷的刘海梳直，或者往她脸颊上扑粉。

　　"真帅啊。"挤在我前边的初中生说。

　　"大概是造型师吧。"

　　不时摆弄发型，正在监督摄影的女人，还有手持某些文件站立在旁的其他人，全都好帅。

　　可是当我一看到摄影师，就把其他人忘光了。

　　"等我先换个相机。"

　　那个人说完，就取下挂在脖子上的相机。几乎披肩的长发绑成一股，上身穿粉色 T 恤衫，下身穿一条破牛仔裤。我还以为"著名摄影师"应该是类似老头的人物呢。可这个男人看上去顶多二十几岁，或许因为下巴和嘴唇上都没留胡须，显得越发年轻。

　　他从蹲着的女孩那里接过另一台相机，朝这边看来。或许是刚注意到已经聚集了这么多人，他露出了略带讶异的表情。

　　"不好意思，打扰到各位了。"

　　他小声说着，同时低下头。他有无比柔和的眼神，高挺的鼻梁，形状漂亮的嘴唇，还有跟脸不太协调的一双大耳朵。

　　我差点叫出声来。

　　我胸口仿佛产生出一个炽热的圆球，穿过我的肚子和腿脚，又急转弯，猛地冲上了脑门。

　　"请问这是在拍什么呢？"

　　就在这根紧张的丝线就要被扯断的瞬间，一个初中生向某个站着的男人询问。那男人戴着巨大黑色边框的眼镜，身着黑白条纹的衬衫，一头金发十分醒目。那头金色的头发和大阪烧男子有些邋遢的金色完全不一样。

"我们是在给杂志拍照。"

那男人听上去非常温和，有种游刃有余的感觉。初中生们爆发出一阵欢呼。

"是吗，是什么杂志，是什么杂志！"

"是一本叫 *DUPE* 的杂志。"

我自然是不知道这杂志了，不过提问的初中生们似乎也并不知道。可那个金发男子并没有露出不悦。

我心中乞求着：快问摄影师的名字呀！快问呀，快问！可是初中生只是起哄地说着"好厉害，一定买"，并没有接着问。

"欸？欸？竟然在这种地方拍照吗？"

"是啊，我们打算用日本各地的萧条景象做背景，然后拍女模特的写真。"

"是这样噢，好厉害！"

初中生们吵吵嚷嚷的，仿佛真的在和名人对话。都被说"萧条景象"了，一般人早就发火了吧。

"小喜久！"

明智同学拍了我的肩膀。森同学也站在身后。

"唔哇啊！超漂亮！"明智同学一看到模特女孩，就高声惊呼。

"啊，抱歉，能请大家稍微安静一点吗？"金发男子面朝我们说道。

明智同学的脸涨得通红，明明是被当众批评了，却因为对方跟自己搭话而兴奋不已。

"真厉害啊，特别漂亮。"

"是呀。"

我们悄悄耳语几句，其中一个初中生就朝这边回头了。是刚才向金发男人搭话的孩子。

"我说你们，能不能安静一点？会打扰到拍摄的。"

我差点笑出来，但还是忍住了。果然全都是一群乡下孩子，来了一群东京人，还是时尚人士，就完全飘飘然起来了。

我绝对不要加入他们的行列。但我的视线怎么都无法从摄影师身上移开。

摄影师连续按下快门，拍了好几张。模特女孩亲昵地问道："怎么样？"一股苦味在我口中扩散。我和那女孩的差距究竟有多大啊？明明我们站得这么近，明明我也常被人夸很可爱，可面对那女孩，简直望尘莫及。

"一般般吧。"摄影师笑着说。

女孩说了句"那算什么意思嘛"，鼓起腮帮子。就算她鼓起腮帮子，脸蛋依旧只有肉子的一个拳头那么大。

包场结束之后的"鱼河岸"店内就好像被无数饿狼糟蹋了一遍。吃剩下的烤焦的肉，数不清的杯子，地板上散落着柠檬片和欧芹，还有打翻的烧酒气味。在这乱糟糟的店堂里，还要让老佐和肉子给我做晚饭，实在有点过意不去，可他们却精神百倍。

"好像有个超级漂亮的女孩来了呀！"

肉子在这片惨状之中，手脚反倒前所未有地利索，看上去莫名其妙地生龙活虎。我心想该不会是因为那个"大阪烧男人"吧，不知为何，此刻的我并不觉得厌恶。我简直要被自己的单纯逗笑了，于是用力挠着面颊来掩饰。

"对啊，有模特来拍写真了。好像是个著名摄影师。"

光提到摄影师三个字就让我心跳不已。

"来这种小镇上？"

老佐正在给我做蔬菜炒肉片。

"好像说要在萧条的地方拍女模特呢。"

跟老佐和肉子三个人在一起时，我说的话就变得很奇怪。大阪口音跟渔港口音混杂在一起。

"萧条吗？那这儿就再合适不过啦。"

"那个模特女孩，穿着特别漂亮的裙子，然后坐在色色神社的阶梯上。"

"啥神社？"

"啊，水川神社。"

"是吗，那地方真的能拍照？"

"还挺不错的。虽然我也不太懂，但就觉得真帅啊。"

一片蓝与绿之中，点缀着闪耀魔法般光芒的粉红圆点，再加上女孩奇迹般的美丽容颜。据说女孩是叫真央的著名模特。我想起她百无聊赖般轻抚睫毛的白皙手指。假如真里亚见了，一定会欢呼起来吧。

"我也好想看呀！"

"好像说今天会住在隔壁镇上呢。那个编辑还问大家，知不知道隔壁镇上有什么好吃的餐馆呢。"

"还有编辑哇！好炫！"

"然后大家都说隔壁镇是招待观光客的，鱼很贵，这边的又便宜又美味，然后强烈推荐去"森本"呢。"

"森本"是猿商之外不远处的一间小餐馆。经营店铺的是一对姓森本的夫妻，做的菜很好吃，还有好多稀奇古怪的酒，风评很不错。

"是吗！那他们去森本了吗？"

"不知道。如果真要去，现在可能已经去了。"

我很希望肉子说"那我们就去森本瞧瞧吧"。我还想再见一次那个摄影师。

可是肉子丝毫没有流露出要去的意向。肉子将桌上的餐盘接二连三地收拾起来，就好像一台吸尘器在吸取垃圾一样，同时还见缝插针，咕咚咕咚地喝啤酒。

我大失所望，吃起了老佐做的蔬菜炒肉片，依旧那么美味。

"最近喜久好像没食欲啊。"老佐轻声说。

我正在犹豫要不要回答的时候，只听见一声"来喽"。

　　原来是善治先生来了。包场时间结束也并不代表"鱼河岸"
要打烊了。

　　"好像有个超级漂亮的姑娘来这儿啦！"

　　这个小镇真是狭小。格外狭小。

∽

　　我好久没有像这样为一本书哭了。

　　"有一种叫灯笼鱼的鱼。"故事是从这句话开始的。说它是故事，其实按页数算还不到三页。就算在一本小说集里面，也会让人惊叹，怎么会有这么短的一篇？

　　灯笼鱼栖息在很深很深的海底。因为海底很暗，需要亮光，所以灯笼鱼的脑袋上就长出了一根长鞭似的器官，可以发光。当然，它也因此得名了。

　　据说灯笼鱼中的雄性不像雌性那样拥有灯笼。灯笼不仅是用来照亮道路的工具，还是寻找食用小鱼的工具。没有灯笼的雄性，体形只有雌性的十分之一左右。

　　雄性只是一动不动地等待雌性到来。当雌性偶然间到来的时候，雄性就会用嘴唇吸附在雌性的头部、腹部，或者身体的某处。

然后，无论发生什么都决不分离。

被吸附后的雌性，身体会渐渐成长，并与雄性的嘴唇连接成一体。雄性就成为雌性身体的一部分。然后，雄性的身体会发生变化。

因为嘴唇牢牢吸附着，雄性无法用嘴巴进食。失去功用的消化器官——胃、肠、食道等等都会消失不见。

接下来是眼睛。因为无论何时都只需要紧紧吸附雌性，也不再需要眼睛，所以眼睛最终也会消失。雄性什么都不必想。它只需要吸附在雌性身上就好，所以不久之后连大脑也会消失。

于是，雄性彻底成为雌性身体的一部分。

到了最后，它原本的身体彻底没了踪影，只变成一个小疙瘩，贴在雌性的身体上。

不过，就算变成小疙瘩，它仍旧还活着。为了留下子孙。

雄性的身体上只留下了精巢。

当雌性将卵子排放到海中时，雄性就会用它那变成小疙瘩的身体，竭尽全力地释放精子。仅此而已，雄性做的事情仅此而已。雄性只是雌性身上的一个疙瘩。

作者在故事的最后如此写道。

"我不禁产生了某种感动。这究竟是怎样的感动？我也很难形容出来。"

这时候，我的眼泪就大颗大颗地流了下来。笨蛋，蠢货，为什么要哭？即便我这么想，泪水还是止不住地流。

我想到成为小疙瘩的雄性，想到拥有庞大身躯和华丽灯笼的雌性，哭了。

它就在深海中悠然地游动。一片黑暗中，雄性寄宿在它的身上。我能清晰地看到它的身影。

"小喜久，你有没有喜欢的男生呀！"

星期三晚上，肉子突然问我这个。我差点就不假思索地说"不是男生"。"摄影师"根本称不上是喜欢的男生，那是"喜欢的人"。男生和男人明明只是一字的差别，却有着本质上的不同。怎么可能笑着就说出来，笑得出来吗？

不过我当然没说出来。我说不出来，假如把这事说出来，还不知会被肉子刨根问底到什么地步呢。

"没有啦。"

"这样啊！"

肉子果然很相信我说的话。她的脸上就写着"既然小喜久说没有，那大概是没有吧"。换言之，就是把"这样啊！"直接写脸上了。

"肉子你呢？"

"啥！"

"肉子你有没有喜欢的人呢？"

"呀！当然没啦！"

骗人！我本想这么说，却作罢了。过去她要是有喜欢的人，她总会说着"讨厌，你真是的"之类的话来搪塞，可这种反应还是第一次。说不定"大阪烧男"纯粹只是我想太多了。

不过，入秋以来，肉子已经有两次直到清晨才回家了。我当然是在假装睡觉，可肉子"蹑手蹑脚"起来，就算不想听见也会察觉。况且这两次夜宿都是在周二。对方应该是个自由职业的男人吧，我如此推测。于是就只能猜想是那个"大阪烧男"了。

第二天在学校里，不知会不会有人悄悄传播肉子和男人在一起的目击情报呢？我全身都紧张无比。渔港的对面，有一家低级趣味到让人咋舌的情人旅馆。那旅馆名叫"罗曼史"，至今已经有不少"镇上人"在那里被目击到了。过去在小学生之间好像还流行过这样的玩法：埋伏在"罗曼史"门口，捉弄从里面走出来的男女。那当然被学校强行禁止了。现在连靠近"MONKEYMAGIC"的猴笼都被禁止了。

肉子清晨归来的第二天，我就在学校里仔细聆听有没有"肉子"或者"罗曼史"这样的关键词。可是谁都没提到过。

一班的女生中间，依旧只有真里亚是脱离群体的。教室里非常平静，就跟骗人似的。

秋意渐深，"大阪烧男"大概已经去了其他地方。干摆摊这一行的，必定会时常转移。假如是过去，肉子根本不会把这种事瞒着我的。

电视机画面在肉子的身后闪烁，大概从中午到现在都一直开着。桌上摆放着吃完的晚饭餐盘，压根没动过。我心想必须收拾掉了，身体却动不起来。

最近，天气彻底凉了。

明明已经吃过晚饭了，肉子还在往嘴里塞炸鸡块。那是在吉德买来的打折熟食。饭后点心吃炸鸡块，不愧是肥婆的典范。

"肉子，你说家里是不是该放个体重计？"

"啊，小喜久，你青春期啦！"

"不是啦，是称你的体重。"

"不要啦！"

因为突然扭转身体，肉子的炸鸡块掉到了地板上。但她毫不在意，立刻捡起来吃了，就像只狗。我只得放弃，咕咚躺下来。

肉子一边把手伸向第二个炸鸡块，一边调大电视音量。

"你一辈子都别想结婚了。"

震惊。还以为这句话是在说肉子呢，况且还是听过的嗓音。

"小喜久，她又出来了，这个老外！"

我用手肘撑起身体一看，还是那个灵媒师。出镜次数真多。她坐在王座似的椅子上，居高临下地打量着一个女艺人。她从什么时候变得这么高贵了？

"这个人的名字叫什么来着？"

"达利西雅大师！你说别想结婚，究竟是为什么呀！"

女艺人替我回答了。我见过这女孩，是最近人气很高的偶像组合成员。

"因为你在上辈子，生了很多很多的孩子。"

达利西雅的日语比起之前看的那次更差劲了，身体好像也大了一圈。肉子舔着吃过炸鸡块的手指，漠然地盯着电视画面。那是她什么都不想时的表情，也是时常让我担忧的表情。

"上辈子？"

"没错。"

"上辈子，是哪个时代的？"

"不知道——"

"欸……怎么会这样？"

达利西雅不耐烦地眯着眼，注视着女孩的脸和她的身后。

"你上辈子生了太多的小孩，也结婚了太多次，所以没戏了。这辈子中场休息。"

这辈子中场休息。

还有那种人生吗？中场休息？人家根本不记得上辈子的事，说中场休息也只会让人徒增烦恼。

"你啊，曾经是个非常温柔的人。你生的小孩，大概，有十三个呢，全都是不同男人的小孩。不过你都很爱他们。你的牙都没了。你的……钙质？都被孩子吸走了。腰都弯了，因为生了太多小孩。不过你很爱他们哦。他们也很爱你哦，特别特别爱。"

肉子终于吃完了炸鸡块，说："这个老外，讲起话来是不是比之前更蹩脚了？"

我说我也这么想。肉子不知怎的大笑起来。肉子的身体撞在桌子上，脏兮兮的餐盘都震颤起来。真是一片寒碜的光景，我心想。

"那些孩子们，现在还围绕在你的身边。"

"欸？是守护灵之类的吗？"

"不是啦蠢货！十三个人，全——部，都在你的身边呢。全——部都在你身边活着呢。"

"咦？咦……是谁？"

"你的父亲、母亲、爷爷、奶奶、父亲的兄弟姐妹、母亲的兄弟姐妹。"

嘿？肉子发出声音来。大概是刚才的大笑还残留了一点，她依旧满面笑容。嘴角"啾"地翘起来，是肉子特有的笑容。

"全——部都是你生的。上辈子。"

"是这样吗？"

"有几个人？"

"欸？你问几个亲戚吗？"

"不是啦！蠢货！啊，对哦。没错。亲戚，有几个人？"

"把爸爸他们也算进去？"

"当然了！蠢货！"

女孩掰着手指开始数数。会场上鸦雀无声。连肉子和我都闭嘴了。数完之后，那女孩把眼睛瞪得老大。她的表情已经回答了一切。

"十三个人。"

哇呀！会场沸腾了。肉子注视着我，接着不出声地说了句"好——厉害"。尽管肉子的表情惹人厌烦，但我明白她的心情。

因为我也很惊讶。

"说是孩子，也不会一直都是孩子的。有的是父母生的孩子，有的是恋人生的，还有的是朋友之间生的。"

达利西雅胡言乱语着，咧开嘴露出牙齿。我想起了二宫。

"大家都是，一家人！"

达利西雅突然变得大声，害得肉子也"哇"地惊叫起来。我终于决定站起来收拾餐盘。看到我动起来，肉子也把双手"砰"地一拍：

"我也来收拾吧！"

"不用啦，肉子。你休息吧。"

"真的可以吗！"

让肉子来洗，食物残渣和洗洁精都会留在盘子上，让人多费一次功夫。

"小喜久，谢啦！"

肉子就像我对水族馆的大叔道谢时一样，说了声谢啦，接着继续盯着我。

"干吗？"我头也没回地问。

只听身后传来"呼"的大口吸气声。感觉是下定决心要告诉我什么事了。唉，她果然又交到男朋友了，我心想。

"小喜久，你知道月经吗？"

突如其来的这句话让我大吃一惊。

"当然知道！"我不禁回头答道。

不知为何，嗓门特别大。

"这样啊！太好了太好了！"肉子说道。

这又算什么？

"来了会告诉你的。"

"谢啦！"

那天晚上，肉子不知在跟谁打电话。平日里连小声都够响亮的肉子，在打电话时我却只能听见"……的啦""呵呵呵"或者"没问题"之类的只言片语。我忍不住在心里嘀咕，什么嘛，原来还在跟"大阪烧男"藕断丝连啊。

昏暗之中，我把眼睛睁开一半，依稀看到肉子那打着卷的刘海正在晃动。

22

要是你有电脑就借我用用吧！我在考虑用这个当借口去找麻希小姐。

其实我只是想知道那个摄影师的名字，还想跟麻希小姐聊聊东京的话题。

摄影师只在镇上待了很短一阵子，就回东京去了。他连一眼都没看过我，肯定也会很快忘记这个小镇吧。

可是，我却没法忘记那个摄影师。一闭上眼睛，就浮现出他面对我这边低下头时，那张略带羞涩的面孔。上课时，想起他捧着相机时在手臂上隆起的肌肉，几乎要"啊！"地叫出声来。

"你瞧，樱井和松本又来看你啦。"

课间休息，一见到那两人又透过走廊的窗户窥探一班，里沙就高兴地跑来向我耳语："小喜久，要是让你必须挑一个，你觉得哪个好？"

烦死人了。

这种问题我压根没想过。那两个人，既没有稀疏的胡须，头发也没有长到足够梳成小辫。要论操纵相机的技术，也根本没有一句话就让"助理"四处奔走的威严。

我只想要那个摄影师。

东京是我曾经住过的城市。在那里从来都没有美好的回忆。即便如此，光是有摄影师住在东京，就让我觉得那是个高贵的地方。

这份心情根本无法与班上的女生分享，绝对不能。

于是我跑去找麻希小姐。我很想在时机合适的时候打听一下这个摄影师的事，但那不过是非分之想。我只是想和麻希小姐一起聊聊东京的事，仿佛只是聊聊都能更靠近那个城市一些，仅此而已。

大家邀请我一起回家，我却谎称要配一副备用钥匙，必须得去锁店一趟。一个人走在猿商的道路上，走过"MUSE"店门前，只见友树哥正在给一个年轻女人剪头。那种水准，根本连摄影师的脚跟都够不着。我这么想着，不知为何产生了一种自豪感。

"你来啦。"

麻希小姐一如往常，一边抽着烟，一边喝着重松太太泡的咖啡。黑咖啡。我一想起那种苦味，就有奇怪的唾液涌出来。

"你好。"

"怎么了？"

麻希小姐这么一问，就让我觉得提及摄影师是件无比羞耻的事。我已经后悔了。再说了，我不是连黑咖啡都喝不来的家伙吗？

"那个……"

可我又不是来配备用钥匙的，都走进店里了，必须说出来意才行。

"麻希小姐，你有电脑吗？"

"电脑？为什么？"

"那，那个，我有点东西想查……那个，是不是很麻烦？"

"那有什么麻烦的。电脑我倒是有，只不过现在刚巧坏了。"

"这样啊。对不起。"

"没什么对不起的，我才该说抱歉呢。"

"哪里……"

我究竟在干什么呀？太丢脸了，我现在只想冲出店门赶紧逃跑。

"要不要坐一会儿？可惜没有咖啡啦。"

麻希小姐果然是女神。我感恩戴德地在椅子上坐下。背着书包实在太难为情，我把它放在膝盖上。没有咖啡真是太好了。

"肉子还好吗？"

"挺好的。最近越来越胖了。"

我想起了肉子在深夜中握着电话听筒的肥大身影。

"哈哈，有肉子在可真好。看着她就让人干劲十足呢。"

麻希小姐从肉子身上得到干劲，真的有可能吗？麻希小姐并不是爱说客套话的那种人，或许是真的吧。不过肉子给予麻希小姐的动力，究竟是什么？

"麻希小姐，你以前是住在东京吧？"

"嗯……嗯。算是吧。"

麻希小姐用夹着香烟的手托起脸。烟雾离眼睛是那么近。

"那个，我也在东京住过。以前。"

"啊啊，我知道。听肉子说过。"

原来肉子跟麻希小姐比我想象的更加亲近。

"我们住在一个叫新井药师的地方。那儿有个相同名字的寺庙。"

"我知道。记得庙里有个治眼病的神来着？"

"咦，是吗？这我不知道。"

"搞错了吗……"

"不，我想应该没错。"

"欸？你不是不知道吗？"

"啊，是的。不过，我觉得应该没错……"

"嗯哼。"

我不想让麻希小姐觉得自己在拼命讨好她。气氛显得有些尴尬，我紧紧握住书包上的搭扣。或许是书包太破旧了，让我愈加羞愧。真想赶快变成大人啊，这一瞬间的愿望格外强烈。真想赶快变成大人，离开这个小镇。

"那个，麻希小姐你以前住在东京的哪里？"

"我？我啊，刚开始住在祐天寺，就是东横线[1]上那个。之后

---

[1]东京都涩谷站与神奈川县横滨站之间的高速铁路。

就搬家了，因为遇到我前夫了。去了三轩茶屋。"

前夫 [1] 这个词的发音真帅。

"在东京过得开心吗？"

"嗯……也并不觉得开心啊。人多车也多，根本不适合我。"

"那住了多少年呢？"

"十四年？十五年？"

一个不适合自己的城市，真的能住那么久吗？

"在东京，大家总喜欢抱团，根本没什么好的。你不觉得吗？"

"我那时还小，不太懂啦。"

"一点都不好。"

麻希小姐的口气似乎带着点怒火。我还是第一次见到麻希小姐用这种口气说话，也是第一次见到麻希小姐露出有点孩子气的表情。

"那个，麻希小姐……"看到孩子气的麻希小姐，我不知为何得到了一点勇气，"你知道 *DUPE* 这本杂志吗？"

"*DUPE*？什么东西？"

"就是前阵子在水川神社拍模特写真的那个。"

"啊啊，我知道了。大家都像白痴一样凑热闹呢。"

我就是像白痴一样凑热闹的其中一员，实在说不出口。

"那本杂志就叫 *DUPE*。"

---

[1]前夫的日文为"元夫"，发音为"Motootto"。

"是吗？感觉还真是装腔作势的名字呢。"

麻希小姐现在完全被激怒了。看现在的气氛，根本别想再聊到那个摄影师了。

"不知道它是时尚杂志还是文艺杂志，总之就是觉得来这种地方拍写真很有噱头吧。"

"哦。"

"那帮人肯定把我们当傻瓜一样看吧。心里一定想着：亏你们能在这种穷乡僻壤住下去呢。"

麻希小姐粗暴地掐灭香烟，又给另一支点上火。

"我记得他们说要在萧条的地方拍写真。"

"你瞧，就是在小看人吧。只不过在东京能吃香，就以为天下无敌了。再说了，那本杂志？叫什么名字来着？"

"叫 *DUPE*。"

"太装腔作势了。那种杂志根本没人认识嘛。净做些对谁都无益的事情，完全为了自我满足才来假装时髦，种大米的农民可比他们了不起多了。"

"你，说得对。"

"与其在东京埋在人堆和车堆里受气，强迫自己惺惺作态地生活下去，还不如过这种居民有困难就去帮忙开锁的生活来得踏实呢。这里才更适合我。"

难道说……

"东京根本就不是踏实过日子的地方啊。"

　　麻希小姐该不会是对东京，对居住在东京的人，抱有一种微小的自卑感吧？

　　麻希小姐的前夫，究竟是怎样的人呢？麻希小姐又是为什么和他分手的呢？长大成人之后，再回到将自己养育成人的小镇，究竟是怎样一种心情呢？

　　我突然想要尝尝麻希小姐的香烟。麻希小姐——三十八岁的麻希小姐，会不会是在勉强自己抽烟呢？

　　我讨厌见到这样的麻希小姐。

　　"那个，我要走了。"

　　我一站起来，破旧的书包就发出咔嚓一声。

　　"咦？这么快就走了？"

　　"啊，是的。谢谢你了。"

　　"谢什么呀？我什么都没做嘛。电脑都是坏的。真抱歉。"

　　"没有的事。能和麻希小姐聊天，我就很开心了。"

　　"又来了，你说什么呢？"

　　麻希小姐或许早就知道我认为她很帅了。一想到自己比平时更加卖劲地向她示好，就觉得真是够了。

　　"以后也麻烦帮我们配钥匙哦。"我说了奇怪的话。

　　不过麻希小姐回答道：

　　"好嘞。"

　　她又变回了平时的麻希小姐。不知为何，我是带着几分哀愁的心情走出店门的。

一走出去，就遇到了二宫。我大吃一惊。

"哇啊，二宫。"

"噢。"

这是暑假之后第一次和二宫说话。我们都背着书包的样子，显得很好笑。二宫是一个人。

"咦？另外两个人呢？"

"谁？"

"你们不是整天在一起嘛，二宫。"

"想起来了，是樱井和松本。"

"是吗？"

揣着明白装糊涂。

"我今天是要去长寿中心的，所以一个人。"

"去做模型吗？"

"是啊。"

暑假里，我把盆踊节上抽中的城堡模型给二宫的时候，他说"不是这种玩意儿啦"。我很想看看他那种"不是这种玩意儿"的模型。

"对了，那里有电脑吗？"

"电脑？有啊。"

"我能一起去吗？"

"行啊。"

我们走出了猿商，前往巴士车站。

"你连放学以后都要去啊。"

"是呀。"

每次在巴士站停下，我都会祈祷，希望不要有熟人上车。二宫坐在巴士上的时候，脸一次都没活动过，只是偶尔转动眼珠，挤出斗鸡眼来。

"你那也算是让脸活动一下吗？"

就算我问他，也没得到任何回答。

来到长寿中心前面，我才想：啊，原来是这儿。其实从远处就能看到这栋巨大的灰色建筑物，很早以前我就想知道那是什么了。虽然镇子很小，但或许还有许多我所不了解的事物。

"我也能进去吗？"

"没问题的。"二宫说着，取出挂在脖子上的卡片。

"没这个就进不去吗？"

"没问题的啦。"

实际上，二宫把卡片亮给柜台上的人看过之后，那人什么都没对我说。

建筑物里面是个大通顶。四处都是混凝土的灰色，却没有冰冷的感觉。我还在想这究竟是为什么，定睛一看却发现这楼里完全没有尖锐的方角。无论是转角处，还是地板与墙壁的接缝处，全都是平缓的圆弧。

二宫轻车熟路地走向电梯，按了下行按钮。

"在地下吗？"

"是啊。"

电梯里是一个柔和的橘黄色空间。总觉得像在宇宙船里。它距离我们的小镇这么近，只需要多走几步就能看到这栋建筑物，可我之前却从未接触过，很是不可思议。

下到地下二层，这里非常明亮。不知这栋楼是怎样的构造，刚下电梯迎面就有扇大窗户，有阳光照进来。从窗户望出去还以为在地面上，还能看到枫树。

"这楼是建在山的斜面上啦。"

二宫解释道，大概是看到了我费解的神情。好像是他亲自建造了这栋楼一样，得意扬扬。

二宫进入了某个房间。房间有八叠左右大小，铺着白色绒毯，摆着一张木桌子。里面亮堂堂的，散发出非常好闻的气味。仔细一看，是一台圆形的机器，正在排出气味芬芳的蒸汽。

"二宫同学，下午好。"

背后传来了人声，让我一惊。回头一看，一个年轻又漂亮的女人，脖子上挂着和二宫一样的卡片，正在微笑。

"好。"

二宫朝我瞥了一眼。

"你是二宫同学的朋友？"

"是的。你好。"

"你好。"

女人笑着说："那我去拿过来。"接着沿着走廊走远了。我心怦怦直跳。我摸到木桌子，上面还有一点温暖，是阳光的温度。

"二宫，你就是在这里做模型的？"

"是啊。"

"那个人是谁？"

"嗯……负责照顾我的人。她会把模型拿过来的。"

"负责照顾你的人。嗯……"

还有专门负责照顾的人，搞得二宫仿佛是个大人物。我刚这么想，一瞧二宫，又见他跟刚才一样得意扬扬的。有什么了不起的？我心想。

在椅子上坐定，透过眼前的窗户就能看见枫树。叶片泛出浅红，非常漂亮。虽然这地方简直棒极了，但我不想看到二宫再露出得意扬扬的表情，下定决心不会再夸一句。

坐在我面前的二宫，已经噘起了章鱼嘴，瞪圆了眼睛，咻——咻——地吸着空气。我明白他现在是因为高兴才这么做的。二宫一定也想向别人展示这个地方。要是我也常来这么棒的地方，一定也会很想炫耀的。我试着做出跟二宫一样的表情。咻——咻——吸了好多空气，差点大笑起来。

"啊，二宫，这里没有电脑吗？"

"这个房间没有啦。"

"那在哪里有？"

"不知道。"

"这算什么回答嘛。"

感觉不到其他人的气息，这栋楼非常安静。我就恍若坐上了一艘陌生的船，来到了一个陌生的国度。在这里，吃的食物、说的话、打招呼的方式全都不同。信仰的神和失礼的行为也跟我们完全不同。这么一想，再看二宫就觉得挺有趣的。二宫还在继续咻——咻——地吸气，唇边已经聚集了一点唾液，脖子上的血管都浮现出来。

"二宫，你跟那两个人关系很好吗？"

"那两个人？啊啊，松本和樱井？"

"没错。"

"关系也没什么好不好的，我们从二年级起就一直同班了，回过神来已经是这种感觉了。"

"那他们两个知道你会来这里吗？"

"知道呀。"

"竟然知道！"

"嗯。"

总觉得有点羡慕二宫。同时又因为这件事并非只告诉了我一个人，而感到有点生气。明明只是个做鬼脸的家伙，还这么嚣张。

好闻的蒸汽咻咻咻地朝着天花板飘去，虽然飘到一半就会消失，但还是留下了清晰的轨迹。我尽情吸入这些蒸汽，感觉自己的身体都被这芬芳的香气填满了。

"一班的女生，现在的状况变得很奇怪哦。"

我明明没打算说的，结果还是说出口了。

"怎么奇怪了？"

"不是有个叫真里亚的女孩嘛。就是那个穿衣服带好多花边的女孩。"

连我都觉得自己话中带刺。可是，我在二宫面前，这些词句就止不住跑出来。

"啊啊，那女孩，挺可爱的呀。"

二宫意想不到的答案让我不禁变得大声。

"啊？哪里可爱了？"

二宫露出满是意外的表情，盯着我看。

"因为她穿得就像个公主，很有女生的感觉。"

"不会吧？根本就不适合她嘛。真里亚对自己的长相没什么概念，所以才会穿着那种轻飘飘的衣服，连被大家说坏话都注意不到啦。"

"原来她一直被说坏话啊，真可怜。"

二宫的身后，一片枫叶簌簌地飘落。它太过轻易地掉落下来，让我想起了水族馆里的沙丁鱼。我立刻生气起来。

"是真里亚最先挑起这些事的啦。"

"挑起……这些事？"

"是真里亚想让自己成为班级里的中心人物，所以就想方设法让掌控班级的森同学和金本同学闹矛盾。结果只有真里亚一个人被排挤出去了。"

"是吗？不过就她一个受排挤还是挺可怜的。她跟你关系不是很好吗？"

"因为是真里亚最先开始说我的坏话啦。我只是没有参与真里亚的计划而已。"

"计划？"

"就是刚才说的，让真里亚成为班上中心人物的计划啦。她们结伴说我的坏话，放学时也在踮脚桥那边狠狠盯着我，还嘲笑我呢。"

"唔嗯。"

"所以……"

我在这一刻，总算明白了自己为什么不愿意再向真里亚搭话，也明白了见到孤单的真里亚时，自己内心到底是怎么想的。

"全都是她活该。"

这就是我的心声。

觉得大家差不多该原谅真里亚了，这种想法也是骗人的。其实我不希望任何人原谅真里亚。

只要我开口，大家肯定都会原谅真里亚的。然而我就是不肯开口，是因为我比谁都更想疏远真里亚。

"唔嗯。"

二宫呸地吐出舌头。我知道他并没有恶意，也放心地吐出舌头。把力量都集中在舌尖上时，眼泪就扑簌一下淌了出来。

我是个多么狡猾的孩子啊。

多么狡猾，多么招人讨厌的小孩啊。

二宫不再吐出舌头，只是把嘴巴鼓得老大。他还翻着白眼，或许是为了不见到我哭泣的样子。

"久等了，二宫同学。"

刚才那个女人带来了一个像银色手提箱似的盒子，相当大。我知道里面装着模型，可我拼了命想要止住眼泪，一句话都没能说出口。

"见须子，来看看我的模型吧。你肯定会吃惊的。"

二宫小心翼翼地打开了放在桌上的盒子。

盒子刚打开一条缝，就露出一道细长而舒缓的光芒。

_ *23* _

🐟

一到真里亚家，就发现她在哭。

"之前的事对不起。"她说。没料到她会这么说，我脱口而出："没关系。"我自己才该向她道歉的。

看到形单影只的真里亚，我有过"她活该"的想法。其实在真里亚被排挤之前，我就已经想疏远她了。被大家追捧的感觉，让我很陶醉。听别人说出"比起真里亚，更喜欢小喜久"这种话，让我很安心。

真里亚的大房子、无所顾忌的自信、漂亮的浴衣，都让我羡慕不已。

"从明天开始一起打篮球吧。"我说。真里亚也回答道："嗯。"

24

猿乐小学运动会那天，天气晴朗得有点夸张。

在东京的小学里，只需要按照规定排队齐步走，一起跳舞，一起全力奔跑到最后就结束了，我一直以为运动会大抵都是这样的流程。虽说监护人也都会来，但分不清谁是谁的父母，午饭也同往常一样，是在教室吃学校提供的饭。

直到来了这个小镇，我才明白，那样的安排是为了照顾我这种父母不能一块出席的孩子。

而这里的运动会，是家庭全员上阵的活动。

谁是哪个孩子的母亲或者父亲，我们当然都认识，就连祖父母是谁都一清二楚。午饭的时候，是各个家庭围坐在餐垫上吃的。

我们一班是白队。把白色头巾缠在额头上，就不由自主地产生出一股冲劲。真不可思议。

"会不会很奇怪？怎么样？"

真里亚果然依旧是那个真里亚。她特别在意头巾戴得可爱不可爱。

"不奇怪呀。你觉得呢？"我向身旁的金本同学问道。

金本同学也说了句："不奇怪啊。"

大家都说真里亚制造了一堵墙挡在我们中间，可让这堵墙愈加坚固的却是我，是我擅自认定大家一定会疏远真里亚的。

"还是红队比较好嘛。真可爱。"真里亚看着二班的女生，显得很羡慕。

真里亚就是真里亚，只需要和大家一样正常对待她就好。无论是吵架、和好，还是被排挤，都只需要顺其自然。我作为她的好朋友，把这一切看在眼里就足够了。

"是吗？你不觉得白队的才更有运动会的感觉吗？"

"什么意思？"

"嗯……就是有种运动会的感觉嘛……"

"还是没说明白嘛！"

"完全没听懂你是什么意思！"

"啊，不过没了红队就不是运动会了。两边都很重要呢。抱歉。"

"所以到底想说什么嘛，小喜久，你果然是个天然呆！"

"说得对，为什么要道歉嘛。搞不懂你！"

金本同学最近又长高了好多。她在接力赛跑最后一棒。

金本同学的家人都聚在写着"金本制材"这四个气派大字的

帐篷下面。他们的脸长得一模一样，真让人吃惊。

真里亚的家人聚在靠近校舍的地方。她妈妈穿着上下身皆紫色、华丽到让人绝望的一身运动服。她还要参加监护人的障碍物赛跑。或许因为那运动服的材质会反光，时不时反射出阳光，几乎要刺瞎我们的眼睛。

肉子也说好了要参加借物赛跑[1]。我在内心期盼她生点小病什么的就可以缺席比赛，可仔细一想，她在这几年里连感冒都没得过。

肉子被我狠狠说了一通，才穿上一身简单的灰色汗衫。她的位置是校门附近的一片空地，家属还有老佐、善治先生、善治先生的母亲和回了娘家的妹妹。老佐让"鱼河岸"一直休业到晚上。因为校园里禁酒，大家都把烧酒装进热水瓶，兑着绿茶喝。

低年级的无聊舞蹈结束之后，我们高年级女生的叠罗汉开始了。

在金字塔上，我是第二层的。我右腿架在穗积同学的背上，左腿架在岸同学的背上，岸同学已经开始戴胸罩了，膝盖顶在搭扣上，每次练习都觉得好痛。

配合着哨声，我们摆出一个夸张的姿势。光是这姿势，就让操场四周响起拍手声，还有相机"咔嚓咔嚓"的快门声。

当我们组成扇形的时候，我看见善治先生正在给我拍照。假如那是"摄影师"在拍该有多好啊。可转念一想，被他看到穿着这种脏兮兮的体操服就糟了。

---

[1]借物赛跑是日本的传统运动会项目，跑者需要向朋友或观众借来指定物品再跑向终点。

叠罗汉之后，是男生的骑马战[1]比赛。

不知不觉间，我开始搜寻二宫的身影。二宫非常显眼。他坐在樱井、松本和小柳三个男生组成的战马上。平日里的二宫总是跟在那两人身后行走，而今天的二宫却显得有些凶暴。

"快看啊小喜久，松本和樱井坚持下来了！"

二宫他们的战马一直坚持到了最后。他们是红队。

白队只剩下两组战马了，情况不利。女生们当然都在给白队加油，可我在悄悄地给二宫加油。真想让他把对方的白帽子摘了，然后不顾一切地做个鬼脸。真想让他翻出白眼，露出牙齿，把大家都吓坏。到时看着惊慌失措的观众，我也会偷偷做个鬼脸的。

"怎么了？小喜久，你在干什么？"里沙看着我说。

"咦？"

"你刚才做鬼脸了吧？"

我在不知不觉间已经吐出舌头，挤出了斗鸡眼。

"嗯……总觉得让脸活动一下挺舒服的。"

"什么嘛，小喜久你果然是天然呆！"里沙斜视的眼神画出了一道弧线。

就在此时，啪的一声，一道闪光。闪光太过耀眼，让人晕头转向。不知是谁没拍骑马战而是在拍我们。刚才还在做鬼脸呢，好险啊。因为这说不定会用在毕业相册里呢。为什么大白天还要

---

[1]骑马战是日本中小学的运动会项目，三人托举一人，进行乱战，掉落地面判输。本书中采用了抢到对方帽子则赢的规则。

打闪光灯？还有，想拍照就事先说一声嘛！想到这里，我就生气了。回头寻找拍照的人，却不见踪影。溜得倒是快。结果就在一回头的当儿，二宫的帽子被抢走，输掉了比赛，我看到了红队女生接连叹息的沮丧模样。

到了午饭时间。大家如鸟兽散，奔向各家的餐垫旁。

我刚走到餐垫旁，就闻到强烈的酒臭味。不过旁边的餐垫上也有男人正大光明地喝着啤酒，校舍那边，更是有提着啤酒瓶去给校长敬酒的人。

"噢噢，喜久，你跑起来果然够快啊。"老佐快活地说。

上午的赛跑，我得了第一名，胸口挂上了低年级用金色折纸做的奖牌。冲线的时候也响起了"啪"的闪光声。作为第一名被登出来确实挺开心的，可一想到自己拼命狂奔的表情就觉得还是算了。金本同学跑起来的时候，鼻孔张得老大，那表情真是一言难尽。

"小喜久的运动神经真是了不起！"

肉子接二连三地打开大饭盒。有饭团、香肠、冷冻炸鸡块，还有一大堆白水煮的西蓝花。老佐和善治先生已经在吃着鱿鱼干和芝士鱼糕，一副酒足饭饱的样子。

"我也必，必须要加油啊，借物赛跑！"

肉子太过紧张，脸颊上泛起红潮。大概是因为坐立难安，她抡起手臂一圈圈地挥舞，接着一不小心打在了善治先生母亲的下巴上。大娘发出"呜嗷……"的呻吟，当即倒地。

"啊，对不起对不起对不起对不起！"

"没事，没事……"

"哇哈哈哈哈哈哈哈。"

善治先生指着被打倒的亲娘，放声大笑。看来他醉得不轻。

善治先生的妹妹名叫百合子，她带着三岁的女儿一起来了。孩子名叫"乃亚"。第一次听说这名字的时候，百合子辩解似的说道："是早就分手的老公取的名啦！他最喜欢看摔跤比赛[1]了。"这位"早就分手的老公"也住在同一个镇上。

小乃亚就坐在我身旁，不停摆弄我的奖牌。

"你想要这个？"

小乃亚连连点头，我就把奖牌戴在她的脖子上。小乃亚的头发轻飘飘的，根根竖起，一片浅棕色，像只刚出生的雏鸟。

"我去上个厕所！"

肉子说着就站起身。她手里还捏着两个饭团呢。

"肉子，你要把饭团带进厕所里去吗？"

"啊哈哈哈哈哈哈！"

肉子盯着饭团爆笑起来，不过她什么都没说就走远了。她确实相当紧张啊。肉子有个怪毛病，每当紧张之时就会想把食物带在身边。明明就是个运动会而已，没必要这么紧张啊。

我正盯着肉子的背影出神，老佐开口了："喜久，快吃吧。"

---

[1]乃亚的日文读音为"NOAH"，与日本的职业摔跤团体"NOAH"同音。

接着把饭盒推向我这边。我正把香肠和西蓝花扒进嘴里的时候——

"小喜久，我这儿还有油豆腐呢！"

善治先生的母亲向我这边递来油豆腐。没放到我的手上，直接就塞进了嘴里。香肠和西蓝花还在嘴巴里没吞下去呢。

"啊呼咿呼哇。"

"啥？你说什么？"

大家都看着我笑了。小乃亚也笑了。

不知为什么。

不知为什么，特别有运动会的感觉。

到了下午，监护人参与的比赛更多了。拔河、大滚球、二人三足，都有他们参加。当时的大家都忘记了红队白队，只是纯粹地为选手加油鼓劲。欢笑。拍手。我也不由自主地拍手声援。抬起头来，天晴朗得无以复加，旗帜迎风翻飞。"加油啊！"真是羞耻极了。

不知为什么，特别有运动会的感觉。

真里亚的妈妈在障碍物赛跑时，从平衡木上摔了下来。一身闪亮的紫色滚翻在地，大家都拍手大笑。

"好耀眼！"

"光！"

"华丽！"

真里亚也笑了。班上的女生最近又开始和真里亚互换漫画看了。

借物赛跑开始时，我与坐在红队阵地上的二宫眼神交汇了。

二宫注意到我，就做了个扯眼皮吐舌头的表情。我明白那并不是平时的"鬼脸"。二宫在赛跑里也得了第一名，脖子上挂着寒碜的金牌。一发现那玩意儿能反光，二宫就用它攻击我的眼睛。我非常后悔把奖牌送给了小乃亚。

排在起跑线上的肉子，是参赛者中最胖的一个。准确地说，是肉子运气太差，她那组净是苗条纤细的人。只有肉子一个人像团子似的，在人群中那么夺目，光看到这个大家就笑了。我实在太难为情，躲在金本同学身后，悄悄关注。

肉子神经绷紧，或者说是因为太过紧张的缘故，腮帮子上的肉团开始噗噜噗噜地摇晃，眨眼的频率都降低了，倒计时的时候，有两次都差点抢跑。

"肉子，淡定——"

我听见了老佐的喊叫声。说不定这还是第一次听见老佐大声呼喊。

第三次鸣枪，比赛总算开始了。抢跑那么过分，肉子还是转眼就落后了。比肉子大上一轮的男人，还有其他母亲，都逐渐与肉子拉开差距。

肉子在奔跑时的那张脸，实在很精彩。脸颊涨得通红，下颚向前突（一到拼命的时候就会这样），小眼睛瞪得溜圆，短小的四肢慌乱又拙劣地甩动着，却一点都不向前进。究竟要怎样才能跑成那样子呢？我握紧自己的拳头，不知在向什么祈祷。

跑在前面的人，已经把捡来的纸交给站在赛道上的老师看了。

老师用麦克风大声宣告："渡边同学的爷爷要借的是夹克衫！"或者"堀田同学的妈妈，是老花镜！"

夹克衫、老花镜、水壶、袜子、手机，在一连串比较简单的东西之后，总算轮到肉子抽签了——

"渔港的肉子要借的东西是，小说！！"

不会吧，我心想。

这是谁写的呀？尽管处境无比绝望，肉子依旧没有放弃。这时候，另外五个人全都已经到达终点了，根本没必要全力奔跑了，她只是监护人而已呀。可肉子却露出比低年级学生赛跑更玩命的表情在奔跑。还有双下巴。

"谁来帮帮忙，有谁借我一本小说吗！"

那么大声渴求着一本小说的人，就算在图书馆也找不到吧。整个操场的人都盯着肉子大笑不已。我捂住脸，透过手指缝看肉子。

此时，一位老爷爷递出了司马辽太郎的《峠》[1]上卷。真是奇迹。

"《峠》（上）啊啊啊啊啊！"

肉子尖叫着，抱紧《峠》（上）狂奔。

"肉子加油啊！！"

"肉子噢噢噢噢！"

不知谁在高喊。不知不觉间，整个操场的人都已经在拍手。

---

[1]司马辽太郎所著，以幕末为背景的长篇时代小说。

"小喜久的妈妈太棒了！"

金本同学和真里亚都在全力为肉子加油。肉子在小时候，玩捉迷藏一定是被逮住都不必当鬼抓人的孩子吧，我心想。在大阪，我们把这种孩子叫作"弱鱼干"。

"弱鱼干"肉子在那之后，开始频繁打电话。而且总是在半夜，小声通话。不知是在和什么男人通话，要是他看见肉子这模样，究竟会怎么想呢？她一直瞒着我，是认真的吗？

肉子终于到达终点的瞬间，操场上的所有人都起立鼓掌。竟然还有这种事？值得鼓掌的，怎么也不该是丢人现眼的肉子，而是随身带着《峠》(上)的老爷爷才对吧？

我投去一瞥，让人难以置信的是，老爷爷正用力挥舞着《峠》(下)，向肉子送上喝彩。

25

刚到十二月没多久，重松家的太太就去世了。

听说有一天，重松太太总也不起床，浣熊脸的媳妇担心地前去查看，在被窝里发现了已经死去的重松太太。

我第一次参加了葬礼。因为没有丧服，肉子给我买了条黑色连衣裙。虽说是代做丧服，我毕竟还是很久没穿过连衣裙了，心里有点痒痒的。

我根本不知道肉子还有一套丧服呢。这件不知何时买来的黑外套，因为肚子太过碍事，纽扣都扣不上。

"好难受呀！"

肉子又变胖了。

葬礼是在"重松"的后房间里进行的。之前我只进过他们的店铺，况且只是和麻希小姐一起去要咖啡喝那一次，感觉怪怪的。

见到重松太太的遗体时，自己会怎么想呢，连我自己都完全无从知晓。

会场上也看见了真里亚，好几个班上的同学也来了，都在角落里一动不动。不知是被葬礼的气氛所感染，还是真的很伤心，她们都拿着手帕，轻轻啜泣。

她们都在我所不知道的场合，受过重松太太的照顾吗？她如今都去世了，要是当初至少买过一次茶叶也好啊，我深感后悔。我觉得自己好像来错了地方。

我微微抬手与众人打招呼，但始终待在与大家拉开一段距离的位置。最近我连厕所都是一个人上，不想打篮球的时候，课间休息时也在读书。大家看到我这样，什么也不说，连真里亚也不来管我。

"听说是脑梗死。"

"哎呀，原来是这样。真可怕……"

人们聚在一起说悄悄话。

能听见和尚在念经，这让我想起学校。上课时偶尔可以听见寺院传来念经声。大家都说经文让人犯困又心情沉闷，我却很喜欢。我能感受到，聚集在身体深处的那些漆黑的物质，正在一点点消失。让身体任凭节奏与旋律引导，脑海中就会变成一片空白。啊，很像放屁时的感觉。

"肉子。"有人在小声呼唤肉子。

回头一看，是麻希小姐。麻希小姐一直在哭。她的眼睛肿得通红，说话鼻音很重，都分辨不出是谁了。

"小麻希。"

我从来不知道肉子称呼她叫小麻希。也说不定肉子是在葬礼的氛围笼罩下，单纯地有些亢奋而已。

肉子看到麻希小姐的表情，果然也跟着哭了。肉子明明从来没跟重松太太说过话的。

"真突然啊。"

"是呀！也太年轻了！"

肉子的悄悄话，相当于普通人正常说话的音量。她在半夜打电话时，明明是能把声音压得那么低的。正当我觉得丢脸的时候，一个女人爆发出更响亮的哭声，把肉子的说话声都盖过去了。

出席者最前列，重松家儿子的身旁，浣熊脸的媳妇正在放声哭泣。啊啊啊啊，啊啊啊啊，哭声响到了极限。

太震撼了。

"她们的关系真的很好。"

麻希小姐说完又接着哭。

"咦？是这样吗？"

我不由得问道。

"是啊。就好像真是一对母女一样。"

我回想起平日里总是一言不发的浣熊脸媳妇，和圆圆脸的重松太太。她们两人从不交换眼神，也不说话。我还曾经想过，那两人待在狭小的店铺里，一定相当窘迫吧。原来这是两人长年的默契所带来的沉默。

"她从小就父母双亡，嫁到重松家以后，重松太太就把她当作自己的女儿来疼爱。"

"原来是这样！"

"太可怜了。这阵子怕是缓不过来。"

"哎，还真是。"

遗像上的重松太太笑嘻嘻的，圆圆的脸呈现出不自然的剪接痕迹。一眼就能看出那身丧服也是合成的。我想起老佐太太的遗照，接着又想起烤肉的美味香气。在葬礼上真是大不敬，肉，肉，我脑袋里光想着肉，根本没法集中精神在悼念上。

看到棺木中的遗体后，我还是没哭出来。

重松太太的嘴巴张到一半，表情有一种目瞪口呆的感觉。她一定没料到自己会这么早就过世吧。因为鼻子里还塞着脱脂棉，表情甚至有点蠢蠢的。

"好漂亮的遗容啊啊啊！"肉子边说边哭。

我心想，众人一定会想问"你是谁啊？"可没想到，大家一听见肉子的话，就应声哭了起来。

我学着大人们的样子上完香，刚离开队列，就看见三胞胎老人走出了会场。他们浑身萦绕着白烟。

他们三个也来悼念亡者了。

"肉子，你哭得也太厉害了。"回家的路上，我对肉子这么说。

"有人死了当然伤心啦！"肉子说道。

就如同一到休息日会自动欢喜起来一样，有人死去，她就会自动悲伤。这就是吃了红薯便会猛放屁的肉子。

"肉子你也有过认识的人去世吗？"

"有呀！"

肉子依旧把数珠攥在手里。她用拇指和食指摆弄着玉珠。

"有谁？"

"唔嗯……小学同学、奶奶，还有老爹！"

"咦？是你爸爸？"

我震惊了。肉子从没谈论过家人。我都不知道她爸爸已经死了。他姑且还算是我的外公呢。

"可是，那时我才四岁左右呢！"

肉子刚才在葬礼上痛哭的一幕仿佛已经不存在，她又变回笑嘻嘻的模样，连一身丧服都变得轻浮起来。

"'可是'？这一定伤心极了吧？"

"不记得啦！"

"骗人。都已经四岁了，肯定能记住的。"

"嗯……因为我太笨了，全都不记得啦！"

肉子摆弄着数珠的大拇指非常粗，连指甲都圆圆的，就像那玉珠。

"肉子你是个怎样的小孩？"

说出口才注意到，这么普通的问题还是第一次向肉子提出。不知为何，心怦怦跳。真奇怪。

"身子骨可弱啦！"

"骗人。啊，你好像说过自己是早产儿。"

"没错！在兄弟姐妹里，唯独妈妈我身子最弱，整天生病躺在床上，只有老妈一个人在工作——刚才也说了，老爹在我小时候就死啦——所以，妈妈我是外婆照看长大的！"

"原来如此。"

猿商满是身穿丧服的人。大家似乎都在等待重松太太在火葬场火化后回来。肉子还要回"鱼河岸"上班就先告辞了，我也跟着肉子回了家。

"然后你的外婆呢？"

"死了呀。"

"什么时候？"

"我上初中的时候！"

肉子不停地摆弄数珠。她之前究竟把数珠藏在哪里了？又是从何时开始用上的？

"哭得可伤心啦。"

"是吗？也难怪啦。她毕竟是相当于代替了母亲呢。"

"是呀！老妈找了男朋友，兄弟姐妹也很早就离开家了。"

我想起了半夜小声打电话的肉子，又想起了给自称小说家的男人做饭的肉子。原来肉子也和我有过类似的经历。这到底是怎么的一种心情呢，我自己也说不明白。

"真是寂寞死了！"

原来我是觉得很寂寞吗？

这算什么？我不禁觉得有些羞耻。这种想法，就像个毛孩子一样。

"真是寂寞死了！"

我忽然觉得，肉子的身体该不会是全部由脂肪组成的吧？肉子的影子非常大，又格外浓厚。

"不过，外婆说过死了也会陪在我身边的。也就寂寞了一阵子，之后就没事啦！"

肉子还真是百分百相信别人说的话啊。

我试着在脑海中勾勒出没去上高中，一个人离家的肉子。可无论如何都只能联想到如今这个一脸福相、俄罗斯套娃似的肉子。要不就是那张和漂亮女人一起拍的"职场"照片，上面的肉子胖乎乎的，长着一张小狗似的脸。

"可是现在——"

"怎么了？"

"有小喜久在身边，就一点——也不寂寞啦！"

还有大阪烧男陪你吧？我差点说出口，放弃了。

此刻的我，忽然涌出一股近乎可怕的体贴之情。我甚至想立刻穿越回过去，跟小学五年级的肉子成为朋友。假如有人耻笑她是肥猪、丑女，现在的我一定能全力以赴地守护肉子。不久之前那个卑鄙又讨厌的我已经不存在了。应该不存在了。

"有小喜久陪在身边，真是太好啦！"

肉子的影子好大，还是那么浓厚。

当天晚上，银座猿乐通商店街发生了一阵骚乱。

"MONKEYMAGIC"的猴子逃走了。笼子上留下了被撬棍撬开的痕迹。店主坚称，绝对是金子先生干的好事。金子先生积极应战：再怎么样也不可能做这种事。两个人差点打成一团。

"虽说不是我干的，但让它逃了也是好事。装在环境那么恶劣的笼子里，没看到它每天都凶神恶煞的吗！"

"你自己还不是把装在笼子里的动物卖给别人吗？哪里有资格来说我！"

"闭嘴！我可是百般关怀地照顾那些动物。跟把猴子装进那种破笼子里的你，根本是天差地别！"

"你说什么？混账！"

这事就发生在重松太太化成白灰，升上天堂没多久。还穿着丧服的商店街居民纷纷上前拉开金子先生和"MONKEYMAGIC"的店主。这一天真是乱套了。

我认为那猴子一定是二宫放跑的。

因为二宫给我看的模型上，有一只在山上自由奔跑的猴子。

二宫的模型，是一个小小的海边城镇。

碧蓝的大海拍打着海岸，岸边有企鹅。有躺着的，舒展翅膀的，还有潜入海中袭向一大群沙丁鱼的。尽管非常小只，但的确是企鹅的模样。

沿着海滩北上，就来到了港口。港口铺着雪白的混凝土，还停泊着几艘船只。船倾斜的样子也得以重现，船上有刚捕获的鱼在跳跃。海港边，一群猫咪为了捞点好处，正排队端坐。一个小女孩正抚摸着其中一只猫。女孩穿着红衣服，像火烧云一般的红。

从港口延伸出的单行道上，摆起了集市。有的小摊在卖鱼，有的小摊卖五彩缤纷的蔬菜，还有冰激凌店和捞金鱼的。一条条金鱼都有鲤鱼那么大，形状却无疑是金鱼。有好多人，坐在大人肩膀上的男孩伸直了手臂，想要从树上摘取某种果实。

沿着路走，就渐渐变作城镇。路旁建起了面包店、鞋店、餐厅和电影院。电影院的招牌上不知为何写着"LOVE"，餐厅靠窗的座位上，一对恋人的脸靠得好近。

道路尽头，是一座红砖砌成的美丽教堂。以它为中心，城镇放射状地延展开去，民居的窗户都敞开着。像是把屋子与屋子都连接起来似的，四处都绑满了绳索，绳上晾晒着色彩明艳的衣物。爱恶作剧的男孩正打算沿着绳索爬过去。还有白色的小鸟排着队在歌唱。

城镇外，有一所漂亮的木造建筑学校。校园里，孩子们正在做游戏。有攀爬架、秋千，当然还生长着一棵大樱花树。

城镇的另一边，是一片平缓的山峦。山的中腹有一间漂亮的神社，猴子们就在这儿。有爬上树吃柿子的，有在院内理毛的。没有一只猴子是张牙舞爪的。猴子正和同伴们一起开怀地嬉戏。

向我展示模型的二宫，眼珠子忽地向上翻，把气力都注入表情。他那涨红了的脸，真的好像一只恶鬼。

"真厉害啊。"

"没说错吧？吧唧吧唧吧唧吧唧——"

二宫大概是再也忍不住了，猛舔我的脸颊。

二宫收起他尖尖的舌头，我的脸颊上就凉飕飕的。

26

大家都说今年的冬天很奇怪。

往年十一月末就下起来的雪，今年怎么也不见落下。

"都说暖冬暖冬，前几年总觉得哪有暖冬呀？不是冷得要命吗？不过今年是来真的。这肯定是暖冬啊。连雪都不肯下了。"

每来一个客人，老佐就这么说一遍。肉子不管多少次听见这句话，都像第一次听似的大声附和道："还真是这样！这暖冬也太暖了！"

听她的口气，仿佛是从小就住在这镇上呢。

因为降雪迟来，滑雪课一再延迟。最终等来了期末典礼，老师满是遗憾地说："滑雪要等明年了。"

真里亚说寒假要去迪士尼乐园。

"圣诞节的游行，真的好漂亮的！"

大家齐声感叹："真好呀，真羡慕。"那当然漂亮啦，毕竟是迪士尼乐园嘛，我心想。

"我会给你带礼物回来的！"

真里亚这么说，我就向她要了个雪花水晶球。水晶球里的雪不会融化，我很喜欢。

寒假还没确定要干些什么，要是能像暑假时那样，让善治先生开船带我出海就好了。

最好是在下雪天。

虽然海上不会积雪，但雪还是会残留一些，我想看海面上的雪。

肉子的电话依旧在继续。她会专挑我睡觉的时候，频繁在深夜抓起电话听筒。昏暗、寂静的夜里，只听见肉子在小声说话。我已经逐渐习惯了。

"……吗？""这样啊……""……呢。"

我会忍住想翻身的冲动，一动不动假装睡着。

努力活跃到秋天的飞蛾，已经不见了。到了冬天，飞蛾们究竟去哪儿了呢？

寒假的第一个星期五，我来到"鱼河岸"，店里果然只有几个常客。善治先生、渔业工会的人、金子先生、畠山夫妇。他们不知在庆祝些什么，已经醉得挺厉害了。

"噢，喜久！"

"已经放寒假了吗！"

　　我向大家简单打过招呼，坐到老位置上。刚坐上去，眼神就和老佐死去的太太对上了，我慌忙错开视线。参加过重松太太的葬礼之后，老佐的太太也开始向我搭话了。

　　"不是死牛的肉，而是宰杀牛得来的肉。"

　　她会静悄悄地说这种话，很可怕。

　　金子先生今天也一样，怒目圆瞪地往嘴里猛塞烤肉。在之前和"MONKEYMAGIC"店主的争执中，他的左眼被狠揍一拳落下个乌眼青，这会儿看姑且算是痊愈了。

　　"喜久，今天的伙食是那个，唔嗯……"

　　"不得了噢，对吧！"渔业工会的人喊道。

　　"是啊，不得了啦！哇哈哈哈哈哈哈。"

　　究竟有什么好笑的？店堂里笑声此起彼伏。

　　我正不明就里地跟着笑，金子先生就问道："现在的年轻人，不是遇到啥事都要说句'不得了'吗？"

　　"才没有呢！"我回答。而此刻的金子先生已经回头盯着酒杯，根本没听见。

　　"是牛板腱噢，喜久子！"

　　"不得了。"我脱口而出。

　　熟客们爆发出更加激烈的笑声。

　　"肉子，今天就先把招牌收了。你也来吃牛板腱吧。"

　　"太棒啦！！"

　　肉子晃动着她的刘海，跑到店门外去了。她的屁股简直大到令人难以置信。我一想到牛板腱的油脂在口腔里扩散的滋味，就抑制不住口水冒出来。

"写作姓氏的'见须子'，其实是烤肉的牛板腱！"

肉子又在叫喊些不知所谓的东西了。拜托你了就此打住吧，我拼命祈祷。

"内心是同一个名字！"她高喊。

我要更大一点的年纪，可能已经送出羞羞的"铁拳"了吧。

老佐端出自己的杯子与大脸盆时，大家齐声欢呼。脸盆里装着无比美味的牛板腱，光芒四射。

"噢噢，这圣诞礼物来得可真早啊！"

"说得是啊！"

"那不是死牛的肉，而是宰杀牛得来的肉。"

"啊啊？喜久，你说什么来着？"

"没说什么呀。"

"小喜久，你要吃多少饭？"

"正常。"

"小喜久的正常和我的正常可不一样呀！"

"那就比肉子你的少一点。"

"呵呵呵。"

像金子先生拳头那么大的一碗米饭递出来了。最近我恢复了一点食欲，看到这样的大碗米饭就感觉美滋滋的。盛在大号碗里的白米，该如何形容呢？大概就代表着"幸福"本身吧。而围绕在我身边的，都是兴奋地等待着牛板腱的大人们，总觉得让人很害臊。

"开烤了噢。"

老佐一本正经地把牛板腱放在网上烤。啾的一声，立刻就让我的肚子咕咕叫了。这可不只是有点害臊而已了。

"哇哈——小喜久的肚子叫啦！那么一点米饭够不够呀？"

"够了啦。"

"噢？喜久也到青春期啦？"

"不是啦。"

"快吃吧，肚子不填饱可是不行的。千万别去学节食什么的哦。"

"就是说呀，小喜久！你现在是太瘦了！"

"肉子你倒是给我去减减肥啦。"

"呵呵呵。"

"烤好了，第一块给喜久。"

老佐把刚烤的牛板腱放在我的大碗米饭上。米饭的热气与牛板腱的热气混合起来，光是看到，就让唾液溢满整个口腔。

夹到嘴里，哪怕面前已经有一大碗饭，也禁不住想大喊"米饭再来一碗！"这么一点饭，一口气就能吃完。好吃，真好吃，太好吃了。

"好吃吗，喜久？"

"嗯。不得了。"

"哇哈哈哈哈哈哈哈哈哈！"

刚才这句"不得了"算是附加服务，只要老佐听了高兴就好。金子先生、善治先生，还有渔业工会的人，他们吃着牛板腱，也嗯嗯啊啊地连声赞叹。明明是那么宝贵的部位，肉子却嚼都不嚼就咽下肚了。

"味道真棒啊啊啊！！"

所以才会胖嘛。

"那不是死牛的肉……"

我看了看老佐太太的遗像，只见太太的嘴角也垂下了透明的口水。

牛板腱可真是不得了。这是个如梦似幻的星期五。

第二天，我是在腹痛中醒来的。

小腹一抽一抽的。我从被窝里瞧了一眼"没耳朵的凡·高"，十一点零五分。我看见从窗帘间照射进来的阳光，心想今天应该也不会下雪吧。

就算不看旁边，也能知道肉子肯定在熟睡。今天是星期六，老佐太太的忌日，老佐说过白天不开业，要去扫墓。

"咝咕噢噢噢噢噢噢噢咿，咝咕噢噢噢噢噢噢噢咿！"

就连肉子的鼾声，也在我的肚子里回响。我惴惴不安地直起身子，稍微好了点。是便意太过强烈了吗？不过好像也不是那种痛啊。

我想着要不要叫醒肉子，可听见"咝咕噢噢噢咿"就打消了这个念头。我决定还是尽量装作没事的样子，先钻出了被窝。

难道是肌肉痛吗？总觉得腹部有股胀起来的疼痛。想起昨天吃了什么，我微微打了个冷战。

莫非是吃牛板腱吃坏肚子了？

"不对。"我说出声。

就算吃坏了肚子，恐怕也会先拉肚子。不对，这不是牛板腱的问题。

老佐愿意出低价让我们住在这儿，就是因为我们吃不坏肚子嘛。那可是唯一的条件。

所以，一定不是因为牛板腱。

我不顾肚子疼，去洗脸刷牙。当我弯腰想吐水的时候，就猛地一阵刺痛。这是我从未体验过的疼痛，可又并非不能忍。没事的，没事的。

我想着在肉子起床之前先吃点胃肠药，打开了药箱。里面只有感冒药、创可贴和体温计。我们原来这么健康啊。虽然是件可喜可贺的好事，但唯独在这一刻，令人绝望。

"简直不敢相信。"

哪怕再健康，我还是个小学生啊，难道就从没考虑过我可能突然肚子疼或者发高烧吗？我瞧了一眼肉子，只见她依旧"噝咕噢噢咿"地打着鼾。我气不打一处来，随手抓起毛巾丢向她。毛巾发出"叭叽"一声，掉在肉子的屁股旁边。

过了十二点，肉子总算醒了。

"小喜久，早上好！！！"

当时的我感觉疼痛似乎比起床时更加严重了一些，又或许是错觉。管不了那么多了，就当是更疼了，我一时沉默不语。

"早上好。"

"咦？小喜久，你嘴唇是不是有点发青？"

"欸？是吗？可能是太冷了……"

"感冒了？"

"没有，没事的……"

我钻进被炉，蜷曲身体。这样暖暖身子，就没事了吧。肉子一扭一扭地钻出被窝，嘴上好冷好冷地嘀咕着，往厕所走去。

"啊，厕纸又没啦！"

肉子在厕所里大喊。假如是平时的我，一定会说"我去买吧"，可今天做不到。

"小喜久，妈妈出去买点厕纸、面包，还有清洁剂！"

"清洁剂？"

"是呀，必须要来次大扫除啦！"

"嗯。"

"到年末了嘛！"

"嗯。"

大扫除，再怎么也没气力去打扫了。我在被炉里把身子蜷曲得越来越圆。好疼。肉子从上边打量我的脸。

"小喜久，你没事吧？真的不是感冒了？"

　　我好想告诉肉子，肚子好疼。我好想说，这是从来没感觉过的疼痛。可我总觉得，一旦说出口就会大事不妙。

　　怎么了！

　　肚子疼吗！

　　过去从来都没这样过呀！

　　啊！

　　是不是吃牛板腱把肚子吃坏啦！

　　一想到这些话会接二连三从肉子的嘴巴里冒出来，我就开不了口。

　　"没事啦。"

　　"真的吗！"

　　肉子从来都是百分之百地信任我所说的话。

　　"那我去去就来！顺便把午饭也买了。乌冬面行吗？"

　　"嗯。"

　　"我出门啦！"

　　肉子连脸都没洗，就精神百倍地冲出门去了。大门关闭的瞬间，我不知多想说出"不要走"，可还是没说出口。

　　为什么肉子她就是看不懂别人的脸色，看不懂各种场合的气氛呢？不管是谁说的话，她都会竭尽全力去相信。我竟然还奢求她能心有灵犀地理解我，一想到自己的孩子气，简直想哭。

　　肉子不在的房间，果然又变成了冷色调的房间。明明有阳光透过窗户射进来，依然寒冷。一旦察觉到寒冷，身体就好像掉入冰窟。连暖炉和被炉都不起效果了。外头分明没在下雪。

这个小镇的冬天，原来是这么寒冷的吗？

到了十二点十五分，肚子较真地疼了起来。这疼痛是突如其来的绞痛，还有轻重缓急。与此同时，我甚至有点想吐。

难道真的是因为吃牛板腱吗？

"不对。"

就连说出这两个字也很辛苦。

我打算再去厕所试试，鼓起勇气爬出被炉，还来不及感受寒冷，只觉得"吱扭"一下，肚子像是被用力拧了一下，疼痛传遍全身。紧接着，是强烈的恶心。我弯着腰，头在地板上枕了好一阵。

头昏昏沉沉的。

在这个狭小的屋子里，我从未在意过走到厕所有多远距离，可现在，我为这么远的距离而感到绝望。难以置信。我趴在地上，一点点，一点点，向厕所爬去。总算爬到那里时，明明很冷的天里，我已经满身大汗。

一见到马桶，我就吐了。灰蒙蒙的黄色，夹杂着红黑色的肉片。啊啊，呕吐停不下来。好可怕。不经意间，看到厕纸又挂反了。为什么肉子总是记不住呢？肚子好疼，好疼。

肉子什么时候才回来呀？要不要叫邻居过来呢？可他们要是看到我现在这模样，会怎么想呢？

哪怕不是因为吃牛板腱吃坏了肚子，万一他们看到我腹痛呕吐的样子——

"鱼河岸那孩子，肚子疼得好严重，好像还吐了呢。"

该怎么办？

汗不住地往外冒。好疼，好疼，肚子好疼。又吐了，吐了好多。这究竟是怎么了？

该怎么办？

在这么小的镇上。

在这到处是同学，到处是熟人的小镇上。

在疼痛与呕吐之中，我无数次地祈祷赶快变成大人。我要赶快长大，离开这个小镇，离开这个小小的共同体。

一阵子没见过摄影师，我已经忘记了他的脸长什么样了。在这个镇上也买不到 DUPE。这里空无一物，一无所有。

"好疼。"

直到喊出声，我才感觉到，疼痛就是一切。实际也是如此。现在，疼痛已经覆盖了我的整个身体，连呼吸都变得艰难。疼痛一浪接一浪地侵袭腹部，明明已经没什么好吐出来了，还是有什么东西在顶着喉咙。

不行，我必须靠自己好起来才行。我该怎么办？吃点药就好了吗？可是根本没有药啊。这个连肠胃药都没有的家，算怎么回事啊？

我为时已晚地痛恨起这个装满老土玩意儿的空间。百威、青蛙、不倒翁、凡·高、藤蔓花纹。这房间搞什么鬼啊！

"好疼啊。"

眼泪流了出来。说不定会死呢，我心想。万一是吃牛板腱死的，又要给老佐添麻烦了。老佐他那么温柔，他对我和肉子是那么好。

"好疼啊！"

我哭着大声呼喊时，眼前陷入一片漆黑。

27

她生长在一个小小的城镇。

她和大四岁的哥哥跟父母住在一起。大家都说她是个非常漂亮的女孩，而她的父母每天都有吵不完的架。

她家附近有条小河，是条很脏的河。但仔细分辨，还是能见到黑兮兮的鱼在游动，据说那些鱼是吃烂泥活下来的。从小，每当父母开始吵架，她就会去外面盯着鱼打发时间。鱼的身体滑溜溜的，让人起鸡皮疙瘩，可偶尔在阳光的照射下，又显得格外美丽。

爸爸和妈妈都欠了钱。他们旷日持久地争吵，就是因为欠款。

妈妈责怪迁怒爸爸，爸爸被逼急了，就会打妈妈。因为心里不痛快，他们又跑出去借钱。即便如此，两人还是不打算分手。

爸爸和妈妈都在工作。可欠款一点都不见减少。哥哥没上高中，为了家庭早早就去工作了，某天晚上，他一言不发地离家出走，从此以后杳无音信。父母也没出去找哥哥。他们既没有流露出怨恨，也不显得悲伤，只是继续工作和还钱。

在她十三岁时，她的全家都不得不搬家走人。搬过去的地方没有河流，当然也没有鱼。她大失所望。

她初中毕业后，也没去上高中，像她的哥哥一样，开始工作了。她赚的钱比当年的哥哥，甚至比父母更多。因为她谎报年龄，去了夜生活场所工作。店主其实知道她真正的年龄，但漂亮的她可以招来更多客人，于是也睁一只眼闭一只眼。

镇上的人都知道她的工作。也有女人会传播风言风语：看呀，就是那户人家的女儿。那些女人应该知道她是在为父母工作。女人只是嫉妒她的美貌而已。

多亏了她的工作，欠款减少了一些，可父母却不再工作了。爸爸说他累了，开始在工厂无故缺勤。妈妈说再不换个心情就要变废人了，时常去打柏青哥[1]。即便如此，他们每天都要吵得面红耳赤。

某天晚上，她也像哥哥一样离开了家。那时她十六岁。她把最后一份薪水的一半放在桌上，另一半装进包里。爸爸喝了酒蒙头大睡，妈妈去玩柏青哥了。她静悄悄地离开了家，从此再无联络。

她与恋人早就商量好了离家出走后的计划。

---

[1]柏青哥是日本流行的小钢珠赌博机。

那是她在店里邂逅的男人。

他二十四岁，在她母亲常去的柏青哥店工作。对十六岁的她来说，这恋人已经相当成熟。两人乘坐列车，去了离小镇最近的城市，花了两个半小时。一路上，她都把头靠在恋人的肩膀上，幸福无比。

恋人在城里，又找了一家柏青哥店工作起来。有员工宿舍，她也能一起住下生活了。她靠恋人的薪水生活，作为回报，她把家中打理得井井有条。送走恋人，她就开始打扫、晾被子、洗衣服；困了就稍微睡一会儿，然后一边准备晚饭一边看电视。这对她来说已经是生活的全部，而与此同时，她也曾想过，自己最美好的年华，难道就要像个大妈一样度过吗？

她在街上见到过年纪相仿的女孩，有的去买新洋装，有的又去哪儿玩了，在她看来，这些女孩仿佛都在闪闪发光。自己本应比她们更美的，她们究竟为什么那么出色呢？她觉得把最后的薪水分出一半留给家里，实在太可惜了。那可是她辛勤工作换来的，她自己的钱。

某一天，这种生活戛然而止。恋人又有了另一个女人。

那是她终于成长到十九岁的时候。

伤心欲绝。

再过一年，这个社会就会把她当作成年人来对待。她无法理解这件事。十九岁的最后一夜，与二十岁的第一个早晨，究竟有什么不同呢？"成年人"是如何排解这种寂寞的呢？

　　她为了一个人能活下去，再次来到夜店工作。

　　她住进了店里的宿舍，得到了"美羽"这个名字。她很中意这名字。从那以后，她在店外面也自称美羽。

　　美羽很年轻，又非常貌美，很快就得到了许多客人的追捧。十几岁的时候，她不怎么擅长找话题，还屡屡忘记给客人点烟，即便如此，指名要美羽的客人依然不少。第二个月里，她就在店里排名第二，半年后成了头牌。二十岁生日那天，她收到了整个店堂都装不下的鲜花。来向美羽道贺的客人络绎不绝。

　　大家都称赞自己很可爱，长得美，送来了金钱和礼物。而且那些东西全都属于自己。美羽兴奋到忘乎所以。她从未经历过有钱的生活。

　　美羽第一次为自己花了钱。她买了昂贵的服装、香喷喷的化妆品、闪闪发亮的鞋子；脖子上挂着真的钻石，手表价值数百万日元，每天换一只。这样的日子持续了两年，自己身体的某些地方已经被麻痹到颤抖不止，而这种麻痹从不减退。

　　某一天，她被店里的女孩带着一起去了牛郎[1]俱乐部，邂逅了一位牛郎。那时她二十一岁。

　　她觉得他跟自己的初恋有点像。不过他比恋人更美好，更温柔。美羽彻底被他迷倒了。美羽时常去他店里，为他倒空一瓶瓶酒，他生日时还为他搭建了香槟塔。他从不会在夜店之外的场合

――――――――――

[1]牛郎是指在夜总会中以服务女性为主的陪酒男公关。

跟美羽见面，不过他每天都会发来短信，这对美羽来说已经成为生活的一切。

积攒了那么多的钱，一转眼就用光了。她开始向店里借钱，每天都玩到天亮，无故缺勤的日子越来越多。

当店里说要解雇她的时候，美羽早已决定要去风俗店工作了。听之前辞职的女孩说，那边的薪水给得高多了。那时的美羽仍旧年轻美貌。

常去光顾的便利店里，有个从不化妆又不起眼的女孩在工作。她看见那女孩，就很想问：你活着究竟有什么可开心的？女孩子，就应该被人称赞可爱、漂亮才对，她心想。她为了这些赞誉，几乎拼上了命。

那个牛郎，给了美羽许许多多的夸赞。你真漂亮，真可爱。而且，点了最贵的香槟，他还会悄悄在耳畔送上一吻。那个吻能带美羽飞上世界的顶峰。

风俗店这份工作对美羽来说，反倒乐得轻松。不必浪费很长时间去说那些客套话，也不会有其他女孩怒气冲冲地指责打扫烟灰缸的速度太慢了。

"还是单干更适合我呢。"

美羽把这件事告诉他，他便说："能独占你一个人真好啊。"美羽说了许多次想和他单独过二人世界，可他总是忧伤地说："我们不能和客人私下约会的，你也明白吧？"

"我也每天都想见你呀，你能加油多来几次店里吗？"

　　他说着，搂住美羽的肩膀。美羽心想，自己在这个世界上最喜欢的就是这个男人。

　　某一天，有个女人进了美羽上班的店里。美羽从来不管有哪些女人在店里干活，就算遇到，也顶多是在休息室里打个照面，更多时候只是在自己的包间里隔着墙壁听见她们的声音。美羽对此毫无兴趣。不过那个女人却吸引了美羽的关注。

　　那个女人很胖，非常丑陋。

　　其他女孩也都在嘲笑那女人。女孩之中，有缺牙少齿的，有瘦成鸡架子的，还有谎报年龄的。就连那些女孩都开始窃窃私语，足以说明胖女人有多惹眼了。

　　不过那胖女人倒是待人亲切，十分开朗。过去的休息室里，大家只是利索地换好衣服就去各自的包间，从不多说话。而那女人的话格外多。原本瞧不起她的女孩们，不知何时起，时常被她逗得捧腹大笑。美羽觉得这种景象简直不可思议。过去从没遇见过这种事。

　　最后，那女人不知不觉间居然也有了好几个常客。

　　"她那么胖，人又长得丑，亏得还有客人要找她呢。"美羽一脸诧异地说给牛郎听。

　　"肥婆癖、丑女癖，有人就是好这么一口的。"牛郎笑道。

　　美羽也笑了，可她觉得那女人受欢迎的原因并不仅仅是这样而已。

　　某天晚上，下雨了。美羽闲得无聊。无聊倒是还能忍，可薪水一减少，就点不了很贵的香槟和水果了，美羽讨厌没钱。最近，美羽只要点了稍微便宜些的酒，他就会生气地说：

"你不喜欢我了吗？"

接着，他会跑去其他女人的座位，再也不回自己的身旁。美羽很讨厌这样。

"既然你是我的女人，支持我也是理所当然的吧？其他女人都帮我贡献了好多业绩呢，你搞清楚是什么状况了没？"

他说出这段话时，眼神里闪着耀目的光芒，非常可怕。

美羽取出手机，打算给熟识的客人发条信息。之前那家店里相遇的客人知道美羽在这儿工作，也时常来光顾。可以花钱买下昔日的夜店头牌——美羽，客人们似乎对此十分满意。其中也有人露出过去绝不曾有过的凶狠眼神，盯着美羽看。美羽很讨厌那眼神。还有男人会对着美羽一通说教。真是说一套做一套，美羽不禁在心中吐舌头。

"我说我说，要不要聊会儿天？"

就在此时，那女人的脸忽然从入口处的隔板后边探了出来。美羽吓了一跳，手机摔在了地上。

"怎么回事！别突然间推开啦！"美羽生气了。

不过——

"抱歉抱歉抱歉抱歉！"

看到那女人挤着八字眉毛，手掌合十地连连道歉，怒气就莫名其妙地消散了。最主要是她胖乎乎的脸，自然而然地让美羽放下心来。

之前的店里也好，现在的店里也好，无论在哪里，只要有女人盯着自己打量，美羽就觉得像是在鉴定商品价值。尽管自己足够美丽，其他女孩根本无法与自己相提并论，但有时她仍然无法忍受她们的目光。

"外面好像下雨了，我就感觉闲得慌呀！"

然而，面前这个女人，这个肥胖又丑陋的女人，并没有用那种目光看美羽。

"来聊会儿天嘛！好吗？"

女人的开朗终究还是打开了美羽的心扉。女人自称"达丽娅"。

"不是有种开得很大的花叫大丽花（Dahlia）嘛。我跟那花的共通点就只有'大'而已啦！"

达丽娅晃动着巨大的身躯笑起来。这女人还挺好玩，美羽这么想着，看到笑个不停的达丽娅，也跟着笑了起来。

两人从那天开始，就逐渐聊得熟稔起来。

达丽娅说她十几岁就离家，再也没跟家人联络过。现在是为了偿还恋人留下的欠款才来工作的。而且她的恋人早就已经远走高飞了。

"你这不是被骗了吗？"美羽说。

"是呀！"达丽娅笑了。

美羽不明白达丽娅为什么在这种情况下还能笑出来。她自己在十几岁时，也曾经只为了偿还父母的欠款而到处奔波。自己最美妙的豆蔻年华，都白白浪费在他人的事情上。她直到今天都恨得咬牙切齿。

可现在，近在咫尺的这个女人，竟然在为一个非亲非故的男人，为一个抛弃自己的男人还钱，还边说边笑。

"你是不是傻啊！"美羽说道。

"可能是吧！"达丽娅笑了，"不过总算小命还在嘛！"

达丽娅比美羽大两岁。

自从开始和达丽娅聊天，美羽在没客人的时候，也不会强行发信息揽客了。但是，不点高价香槟，他还是会生气的，美羽只能借钱。美羽心想，借这么一点小钱，多接几个客人，一转眼就还上了。可实际上，每当她打算联系客人的时候，达丽娅的脸就必定会冒出来，美羽没办法推辞，能聊多久就聊多久。她还是第一次跟一个女人这么聊得来。

"达丽娅你家人还留在老家？"

"唔……不知道。不过房子是从曾爷爷那代传下来的，我想那房子应该还在吧！"

"什么嘛，原来是好人家的孩子啊！"

"哪里，就只是个房子嘛！小美的老家呢？"

达丽娅把美羽叫作小美。这称呼实在太老土，美羽不喜欢。可即便美羽说了不喜欢，达丽娅也答应道"知道啦"，一转眼，她又接着喊起"小美"来。美羽心想，达丽娅的脑袋肯定缺根筋。

"我家根本就算不上是'老家'啦。又小又脏。父母搞不好还过着今天借钱明天还钱的日子呢。万一周转不过来，已经死了也说不定呢。"

"已经死了吗？"

"不知道啦，我只是说有可能。"

"你没事吧，小美？"

"别这样啦，哭什么呀？太傻了吧。"

看到泪水在达丽娅的眼眶里打转，美羽察觉到，从几年前就从未减退的，让身体发颤的麻痹感，忽然收敛了一些。她从来都没觉得这有什么难受的，她只是惊叹于，注视别人的眼睛正常地说几句话，竟然能给心灵带来如此的慰藉。

"你父母是干什么的？"

"我家的老爹很早就死了，只有老妈一个人工作，可她交了男朋友，不知跑哪儿去啦！"

"这也太过分了。那她死了，你会哭吗？"

"她？你说老妈吗？"

"嗯。"

"当然会哭了！"

"为什么啊？达丽娅，她不是把你抛弃了吗？"

"可是人死了很伤心呀！"

"达丽娅，你真是个傻子。"

"我也觉得！"

达丽娅笑了，美羽也笑了。她们笑得太过大声，旁边包间里的女孩甚至开口让她们安静点。

达丽娅把美羽当作妹妹一样疼爱。不知不觉间，美羽也把达丽娅当成了姐姐。

"小美你长得真可爱呀！好羡慕！"

相比被男人夸奖，美羽觉得被达丽娅称赞更加开心。达丽娅所说的"可爱"，里面只有"可爱"这一层意思。因为达丽娅不管想到什么，都会脱口而出。

男人说美羽"可爱"的时候，必定在索取着某种回报。有时是要求握一下手，有时非让她笑一下回应才行，她觉得被他们这么说"可爱"也没什么不开心。然而现在听到达丽娅大声说出"可爱！"美羽觉得自己仿佛已经变成一个被宠上天的，可爱到无以复加的婴儿。

美羽的欠款越来越多了。

美羽终于理解了父母对借钱彻底麻痹的那种心情。消费者金融卡在银行的 ATM 机上也能用。钱用完了，就能像银行卡提现一样轻易借到。卡片的额度用完，就再开一张新卡。

终于，有一天，口袋里再掏不出一分钱来。欠款已经超过五百万日元。把这件事情告诉男朋友，他立即就对美羽变得冷淡。发短信也没有回复，想去店里也没钱可去。实在走投无路，只能在店门口一直等到天亮，直到他出来。

刚从店里出来的他，看到美羽就大叫："开什么玩笑？我要报警了！"

　　比起他的冷酷言语，还是与他走在一起的女孩嘲笑自己的表情让美羽更加难受。那女孩穿着体面，手里拿着昂贵的包包，非常漂亮。看上去只有十几岁。当时的美羽虽然才刚到二十三岁，但觉得自己已经年老色衰。真是惨不忍睹。

　　美羽所剩下的就只有欠款了。看到惨白着脸去上班的美羽，达丽娅也来嘘寒问暖，可美羽什么都没说。达丽娅也在给不知所终的男人还钱。以前问她欠款的数额，她就说："那金额，吓得我眼珠子都飞出来了！"

　　美羽心想，我这些钱，不都是自己欠下来的吗？肯定能还上的。

　　美羽比过去更努力地工作了。她会发短信招呼客人，一天都不休息。看到全神贯注工作的美羽，达丽娅很担心。她问美羽发生了什么，美羽什么都没说。

　　达丽娅与美羽住到了一起。两人都受困于金钱，漫漫长夜，比起孤单一人，还是有个伴快活一点。虽然工作十分辛苦，但美羽笑得更多了，有达丽娅在身边，她能够安然入睡。睁开眼睛的时候，一听见达丽娅响亮的鼾声，就觉得仿佛被她轻抚着后背，甚至感到了一种不可思议的温存和宁静。

　　然而，就算节衣缩食，加倍工作，美羽的欠款也一点都不见减少。达丽娅说她的这种生活已经持续了五年。

　　"不管怎么说，这种日子总有一天会结束的啦！"达丽娅说着，拍了拍美羽的肩膀。

美羽开始觉得自己根本没自信坚持到那一天。上了年纪的自己实在凄惨。

某天，一个首次光顾的客人说，要是让他来真的，就再出两万日元 [1]。店里当然是禁止这种交易的，这也就意味着两万日元，可以原封不动地装进美羽的钱包。

美羽答应了。反正在店里也有其他女孩这么干，几分钟就有两万日元进账，简直是天上掉下来的馅饼。美羽不光答应了那个男人，还主动怂恿其他男人进行交易。有关美羽的传言一转眼就扩散开去，每天都有客人来店里指名要找美羽。达丽娅似乎还不知道美羽在做这种事。不过，偶尔看到美羽疲惫的表情，她会主动关心：

"别太辛苦把自己累坏啦！"

达丽娅似乎正在有条不紊地返还欠款。

某天，一个男人没控制好自己。"啊！"她出声惊呼的时候，已经太迟了。那男人向美羽道歉了许多次，可当美羽追问他时，他又威胁美羽说要把这事捅到店里去。

欠款倒是还上了不少，可美羽在有可能怀孕的风险下，每天都过得战战兢兢。接着她又想，万一真怀上了，还不如破罐破摔。于是她开始对客人说，要是肯多付钱，射在里面也行。于是客人开始少则两万，多则五万地额外付钱。

美羽并没有怀上孩子。

---

[1]日本法律规定风俗业店内禁止发生真正的性行为，性交易是违反规定的。

　　原来自己是这样的身体啊，她姑且放心了，同时又感到了一阵凄凉。尽管她从未想要过孩子，但她总觉得自己有一天是会成为母亲的。要生个可爱的宝宝，养育成人，身旁还应该有个体面的丈夫。

　　可这样的生活……

　　现在的自己就连这样普通的生活都望尘莫及，美羽心想。美羽看着镜中的脸，自己依旧很美，可她已经无法像过去那样为此高兴了。她不想见到达丽娅以外的任何人。

　　"姐姐，我的身体好像怀不上孩子。"

　　那时，美羽已经把达丽娅叫作姐姐了。在她心里，达丽娅就是亲姐姐，达丽娅也一样觉得。

　　达丽娅盯着美羽瞧了好一会儿。此刻的达丽娅似乎已经明白美羽做过些什么了。美羽畏畏缩缩的，可对方的眼神里，丝毫没有恶意的征兆。

　　就是这眼神，美羽心想，就是姐姐的这种眼神，能让我平静下来。

　　"小美，你想要个宝宝吗？"

　　"不是啦，我从来没想过要宝宝，可现在知道自己生不出来，还是觉得好凄凉。"

　　刚说完"凄凉"这两个字，眼泪就从美羽的眼眶滑落了。她自己都很惊讶。

　　原来自己是这么想要一个孩子吗？

　　"小美！"

达丽娅抚摸着美羽的后背。看她的表情，好像马上就要跟着痛哭流涕了。她的眉毛挤成了八字形状，嘴角往下歪，鼻子涨得通红，像喝醉了似的。美羽不禁破涕为笑。

"姐姐，你的表情太奇怪了啦。"

"小美！什么嘛，原来没事。笑了，笑了！"

达丽娅左边的鼻孔已经淌出一行鼻涕。

"没事的，小美！就算小美生不出孩子也没事，我哪天生了宝宝，就送给你好啦！"

美羽又笑了。

"说什么呢，姐姐。"

"我是认真的！"

美羽心想，姐姐的脑袋里果然少根筋。

不过美羽是真心喜欢达丽娅。美羽还从来没有遇到过这么温柔，能一往直前敲开自己心门的人。尽管达丽娅是个脑袋不太好使的人，但只有她能让美羽的心境回到平和。只有她让美羽觉得自己的选择并没有错，达丽娅是最珍贵的姐姐。

"那好呀，要是我哪天真的想要宝宝了，就让姐姐给我生一个。"

"嗯！包在我身上！"

"那你要好好挑个男人呀。"

"啊，对呀！还要找个男人呢！"

"姐姐你可真够傻的啊。"

美羽心想，要是能永远和她两个人一起生活就好了。

两个人，可以的话再加个宝宝，三个人，不被任何事烦扰，平静地生活下去。既然自己的身体怀不上孩子，就可以一直这么干下去。要是哪天把自己的欠款还清了，就连姐姐的那份也一起还了吧。然后，找一个好住处，金盆洗手，从此远离风月场，去便利店也好，日子穷苦一点也罢，再去找份新工作吧。

从下定决心那天开始，美羽就变坚强了。客人不管说什么，她都泰然处之，想到一切都是为了钱，她就坦然接受一切。终于，她还清了欠款。

平日里看惯了的景色，也显得闪闪发光。

从今往后，新的人生就要开始了，美羽心想。尽管达丽娅的欠款还有一点没还清，但她还是发自内心地为美羽感到高兴。那一天，她们请了假，在家煮火锅吃。那是个寒冷的夜晚。

"话说回来，到处都洋溢着圣诞节的气息呢。"美羽说。

"我是信佛的，跟我没关系哇！"达丽娅笑道。嘴上这么讲，可脚上踩的袜子分明就是红与绿的圣诞配色，美羽指着她的袜子也笑了。她一笑，肚子就疼了起来，忽然间，身体也难受起来。美羽来到厕所，脱下内裤，才恍然大悟。

这个月还没来。

美羽几乎能够肯定。今天是还清欠款的日子，是自己重返自由的日子。除了今天，还有哪天会有这种"惊喜"呢？

"姐姐。"美羽在厕所里呼喊达丽娅。

美羽没用药物检查，当然也不可能看过医生，但她就是可以肯定。

"我怀上了。"

门砰的一声打开了。

"真的吗!"达丽娅说着就已经流下眼泪来。

美羽看着她,又禁不住笑了。

美羽辞了工作。

尽管达丽娅还有一点欠款没有还清,她还是担负起照顾美羽的工作来。生活很辛苦,不过美羽打理得还算井井有条。

美羽想起自己刚来到这个城市时,与恋人所过的那种生活。早晨起床打扫房间,做饭,午睡一会儿,继续做饭。即便没有恋人回来,还有姐姐会半夜归家。她还会用手摸着美羽的肚子,跟宝宝说话。姐姐特别胖,长得也不漂亮,但是很温柔,非常非常温柔。

美羽没去看医生。一方面原因是不知道父亲是谁,更重要的是看医生很花钱,两人都是这么想的。况且,两人都觉得只要齐心协力,就车到山前必有路。两人都有一股不可思议的自信。

"快生呀,快生呀。"达丽娅每天都会这么唱。这是首奇怪的歌,但美羽很喜欢听她唱。

春天到了,孕吐变得很激烈。最受不了的是煮白饭的气味和烤鱼的气味。实在饿得不行的时候,就啃一口面包,刚觉得味道不错,转眼间就一股脑儿都吐出来了。虽然肚子是一天天在变大,但美羽的面容憔悴了许多,原本就很大的眼睛,这时更仿佛要从眼眶里掉出来似的。

"小美! 我把钱还清了! ! ! "

夏日气息来临之时, 达丽娅总算把欠款还清了。达丽娅和美羽都喜出望外, 当晚就好好庆祝了一番。最不可思议的是, 从达丽娅还清欠款的那天开始, 孕吐突然好转了。美羽想, 这孩子一定是受到祝福的。

第二天, 达丽娅也辞了工作。达丽娅说, 在还钱的同时也攒了一笔钱, 至少在生产之前, 都能全天候地照顾美羽了。美羽很开心。没有比这更让人安心的事了, 美羽也是这么对达丽娅说的。

"一定要让小美生一个健康的孩子出来! "

孕吐过去之后, 美羽又恢复了食欲。好像要把错过的都补回来一样, 鱼、肉、米饭、面包、甜食, 见什么就吃什么。瘦削的脸上又长出了肉。某天, 美羽看见镜中的自己, 都为如此天翻地覆的变化感到吃惊。

"讨厌, 我怎么长得跟姐姐一样了。"

"你说什么呢! 小美你本来就太瘦了! 你都有宝宝了, 不吃胖一点是不行的! "

买来体重计一称, 整整重了十八公斤。

美羽和达丽娅偶尔会在四周漫无目的地散步。在这之前都没好好把公寓这一带转悠一遍, 这一次往屋子后面稍微走几步, 就发现有条细小的河流穿过。

"是河! "美羽叫出了声, "我老家附近也有条河。不过可脏了，里面还有鱼在游呢。"

"既然有鱼在游，不就是干净的河吗？"

"不是不是，里面都是烂泥。大家都说那些鱼是靠吃烂泥活下来的。"

"嘿！那鱼还真顽强。"

美羽回想起父亲殴打母亲的场面，又回想起工作一天归家后见到母亲睡在被炉里的样子。正在盯着鱼看的美羽身旁，恍若站着原本不应该存在的达丽娅。在回忆之中，两人已经情同姐妹。

"我能怀上宝宝，真是好幸福呀。"美羽坦率地说出口。

这条河里虽然没有鱼，但一样反射着阳光，很是耀眼。

"是呀！把我高兴坏了！"

达丽娅的大嗓门害得邻居家的大爷从窗户探出脸来。

夏天快结束的时候，肚子里的宝宝已经会动了。第一次感到"那个"的时候，美羽大声叫了出来：

"动了！"

达丽娅也扔下正准备晾晒的衣物，冲到美羽身边。

"我来听听，在哪里！"

达丽娅刚把耳朵贴上去，就有一股力量把耳朵猛推回去。

"呀啊——"达丽娅叫出声。

咚！住在隔壁的男人被闹得狠狠捶了一下墙壁。

"小宝宝动了呀！"

达丽娅朝隔壁这么喊道，对方立刻安静了。

"好厉害好厉害好厉害，小美！宝宝动了呀！！！"

"姐姐，这孩子精神真好，特别有劲。"

"是呀！小美，小美，你真了不起！"

"说什么傻话呀？我可什么都没做。"

"才不是呢，很了不起呀，小美！"

达丽娅说着说着，眼眶一转眼又饱含泪水。美羽看着她说道："现在就哭会不会太早了？"

肚子里的孩子，已经不知踢了肚子多少脚，仿佛在控诉着，快放我出去。虽然不知道预产期是哪天，但想必就快到了。美羽心想，自己就要当母亲了。

阵痛在黎明时分到来。美羽在剧痛中醒来，还来不及开口，羊水就已经破了。看到被水浸透的被褥，美羽大声呼救。达丽娅听到求救声，跳了起来。

"姐姐。"美羽睁开眼睛说道。

达丽娅立即猛吸一口气，说了句："来吧！"接生的时候究竟该干些什么才好？其实她也不知道。可此时的达丽娅就像个熟练的助产师，煮沸热水，又抚摸着美羽的肚子，与她同步呼吸。

"我好像在电视上看过！要按照这个节奏！吸，吸，呼——"

美羽遵照达丽娅所说，按着"吸，吸，呼"的节奏呼吸。达丽娅也跟着一起吸气，吐气，甚至比美羽的声音更响亮。

"姐姐，好疼！好疼！"美羽大声叫喊。

她从未体验过这种疼痛。那疼痛像是肚子被强行撕扯一般，又好像有谁在用力拧着屁眼旁的肉。

"小美，加油！！！"

"好疼！"

"小美！"

"好疼啊！"

平时总在敲打墙壁的男邻居，很奇妙地安静无比。这是幢廉价又隔音极差的公寓，可没有任何人前来投诉。在痛苦之中，美羽心想，这孩子果然是受到祝福的。

"小美，使劲，使劲呀！"

"呜呜呜呜呜呜呜呜呜！"

使了好几次劲后，达丽娅大叫："头出来了！"达丽娅已经在哭了。"快出来，快呀，来吧，过来这边！"她朝着美羽的双腿之间无数次喊叫。

"好疼啊啊啊啊啊啊啊啊啊啊啊！"

"快出来！快出来啊！"

美羽看到自己的腿上，朝两边大张的双腿上，清晰地浮现出了青蓝的血管。只有这个看得格外鲜明。

美羽感觉到，过往体验过的一切疼痛，都一齐汹涌地袭来了。她甚至想，说不定会就这么死去。

婴儿的脑袋一直到鼻子的位置都出来了，可后边怎么也不出来。达丽娅涕泪交加，哭喊着"加油！加油！"可她的叫声也被美羽的惨叫压了过去。

"啊啊啊啊啊啊啊啊啊。"

要死了。

一闭上眼睛，就看到火焰似的物体在噼噼啪啪地爆裂。睁开眼睛，还留着那残象。美羽大腿的血管爆裂，开始内出血了。她用尽力气握住了什么东西，却不知那究竟是什么。

达丽娅在喊叫着什么，连她的大嗓门都已经听不清了。忽然间，下半身有被人用力拉扯的感觉。哧溜哧溜哧溜，犹如内脏正在被人拉出体外。

生出来了。

婴儿哭了，哭声就像隔着一扇玻璃窗在喊叫，含混不清。生产出来的瞬间，美羽就把一直到刚才的疼痛彻底遗忘了。她反倒担心起孩子的哭声是不是有点奇怪。

"宝宝。"

"小美，……啊！"

听不清达丽娅究竟在说些什么。她把嗷嗷啼哭着的新生婴儿交给美羽。

"宝宝。"

婴儿浑身血污，身上显露出白与蓝的斑纹。只有脸是红的，通红。美羽在此刻才总算意识到，原来是自己的耳朵不对劲。她咽下一口唾沫。啵，听到了漏气似的声响，美羽的耳朵这才听清了婴儿真正的啼哭声。

呜哇啊啊啊啊啊啊啊啊，呜哇啊啊啊啊啊啊啊啊啊啊！！

　　这声音比过去听过的所有声音都更响亮、更有力。竟然这么厉害。美羽被婴儿的力量震撼了。婴儿竟然是这样极具生命力。

　　"小美，你真了不起！小美，你辛苦啦！"

　　达丽娅把同一句话重复了好几遍，又哭了。

　　"姐姐。这是我的宝宝。"

　　"嗯，小美，你真的很努力了！真的，真的，很努力了！"

　　美羽手中抱着的婴儿，小小的，仿佛一触碰就会破碎。然而，孩子的身上散发出生命的气息，让人感到胸口被重重压着，甚至无法呼吸。啊啊，是这么强烈。

　　"姐姐。"

　　"小美！"

　　"这孩子，是个女孩呀。"

　　"女孩子噢噢噢噢噢噢噢噢！"

　　听到达丽娅的哭声，隔壁的男人终于又开始捶墙。咚！美羽一向觉得这声音很厌烦，而现在她感到自己，还有达丽娅，是与世界紧紧相连的。她开心极了。

　　"是个女孩呀。"

　　"真可爱啊啊啊啊啊啊啊啊！"

　　新生的女孩还拖着脐带，继续大声哭闹。双腿之间的那儿分得很开。美羽想，我原来是从这洞里把她生出来的，并再度为自己做到的一切感到惊异。

_ 28 _

一睁开眼睛，我就看到了雪白的天花板。

家里的天花板上有一条条古旧的木纹，偶尔还能见到某些人的脸。

什么都看不见的雪白墙壁反倒更奇怪。一瞬间，我还在想是不是来到长寿中心了，但又很快明白我是在医院里。因为闻到了刺鼻的消毒水味。

"喜久，你醒啦？"

往床脚看去，就见到了老佐的脸。我睡在六人间里靠窗的床位。环顾四周，房间里除了我和老佐之外，就没人了。原来医院里也会有没人的时候呀，我又在想奇怪的问题了。

"其他人呢？"

"只有你跟另外一个人。不过那一位临时出院了，过完年才能回来。"

我想起今天是圣诞节了。我怎么专挑这时候病倒呀？因为这不合时宜的病倒，我甚至想咒骂自己。而且今天还是老佐太太的忌日。老佐有没有好好去扫墓呢？我很想问问，却又很害怕，不敢问。

"你还好吧？有没有觉得哪里不舒服？"

"嗯。我没事。"

稍稍一动，肚子就有胀起来的感觉。尽管很奇怪，但已经没有刚才那种疼痛了。

"你好像是得了盲肠炎啊。"

老佐边说边离开床边。我还以为他生气了，只见他把椅子搬到枕头旁来了。老佐穿着一套洋红色的运动服。那是他在休息日常穿的衣服。原来店里都休业了啊，一想到这个，我胸口就发痛。

"你怎么忍着不说呀？听说差一点就要发展成腹膜炎啦。"

腹膜炎。我不知道那究竟是什么病，我只知道这回惹上大麻烦了。我太对不起老佐了，根本没脸见他。

"动手术了吗？"

"是呀。不过，你肚子还胀着呢。可不要随便乱动了。"

"肉子呢？"

"她正在护理中心问住院的事情呢。"

"我还要住院吗？"

"当然了，不过也就一星期左右啦。"

"要一星期？"

"说什么傻话？这已经算短的啦。因为要断食三天呢。然后是一直挂点滴。"

"原来要这样……"

我觉得自己太丢脸了。为什么要在年末最忙的时期，得什么盲肠炎呢？不光连累老佐没能好好去扫墓，连"鱼河岸"都休业了，还要让他给没钱的肉子垫付一整周的住院费。

"对不起。"

老佐什么都没说。他从口袋里掏出香烟，却迟疑了一下，放弃了。

"为什么要道歉呀？"

"对不起。"

我流泪了。我羞愧难当，明明不想让老佐难堪的，眼泪却自己淌下来。

"喜久。"

"对不起。我不哭了。"

"喂，喜久。"老佐的语气似乎有点生气，"你为什么要自己忍着呀？"

老佐把手搭在膝盖上，手背上游走着很粗的血管，而且还时不时跳动一下。

"你应该从很早之前就得病了，这可是医生说的噢。"

"今天本来是休息日的，对不起。"

"喜久，我又不是问你这个。"

老佐好像真的发火了。

"喜久，你看着我。"

我把视线从血管上移开，胆战心惊地抬起头。眼前的老佐，面庞被雪白的胡须所覆盖，脑袋上也是一片白，而且，到处都是深深的皱纹。明明这就是老佐平日里那张脸，看上去却像个陌生人。

"你为什么要忍着不说？"

"……"

"你该不会对我还见外吧？"

"……"

"喂，喜久，该不是因为我说不许吃坏肚子，你就一直忍着吧？"

"……"

我再一次躲开了老佐的目光。手背上的血管仍旧在那儿，还是一跳一跳的。又青，又粗，光看这血管，就像是另外一种生物。

"喜久，是这样吧？"

"对不起。"

老佐的身子忽地往前一探："为什么？"

"……"

"为什么要跟我客套，喜久？"

我像个被狠狠责骂的孩子一样，蜷曲身子。可稍稍一动，肚子就不由自主地绷紧，每动一次，我都要忍住不发出声。

"你呀，一直都是这样，喜久。总是在顾虑这个那个。不光是我，你面对大人，面对小孩，全都瞻前顾后的。"

"……"

"为什么呀？说给我听听呗。"

我握紧了双手。我的手背上也有血管浮现，但没有老佐的血管那么粗，也没他的那么青。

"因为……"

"因为什么？"

"因为没有人期待过我出生到这个世上。"

说完，就感到一股猛烈的羞耻感。我耻于说出口，却没办法阻止自己去想。

我并不是在别人的期盼下出生的。假如没有我，肉子一定会更加幸福的。我不能老拖肉子的后腿。

"你呀，净说些莫名其妙的话。"

"我可不是在闹别扭。是真的啦。我不能总是拖肉子的后腿。"

"我要扇你了噢。"

"好啊。"

然而老佐一动都没动。只听见"呼，呼"的粗重呼吸。我知道他在拼命抑制住打我的冲动。我希望他真的打过来，这样我反倒轻松得多。

轻松。

我总是这样，会选择让自己更轻松的结果。比起主动攻击，更爱选择遭受攻击。可又坚决不会为了达到这个结果而先发动攻击。我会抢先一步，拉起防护线，为了让一切风平浪静而逃避。

我现在很想被老佐揍一顿。"没错，你是个没人要的孩子！"这么说才让我更轻松。结果，我连这句话都不愿意听到，抢先自己说出来，用这种方法逃避听到这句话。我尽量装成一个好孩子，假装不想给人添麻烦，活着就是为了躲避被人说出"没人指望过你到这世上来"这句话。

"喜久。"老佐的嗓音像他的血管一样粗，响彻四周，"你还活着啊。"

突然间，我脑海中浮现出老佐把老鼠丢进大海的模样。

"明白吗？你还好好活着呢。"

我想起老佐的话，厉害的家伙就会游回来。我又想起在遗像中微笑着的老佐太太。

"人只要还活着，就肯定会给人添麻烦的，千万不能怕啊。"

我的手臂上还接着点滴的针管。一想到我正靠这玩意儿活着，就觉得很诡异。一想到老佐所说的"活着"和我现在所想的"活着"是同一回事，就产生了一种不可思议的，几乎让人感到恍惚的错觉。

"人只要还活着，就不能害怕做丢脸的事。我不会偏要让你做个乖孩子。乖孩子，这只不过是大人捏造出来的幻想而已。所有人都做好自己就够了。不过呀，跟乖孩子一样，一本正经地假装成熟也没必要。所以，就算你再努力当好一个成熟的大人，也肯定，肯定会有难受和羞耻的时候。这些事是避免不了的。所以啊，要为难受和羞耻的时候做好心理准备。要趁自己还是孩子的时候，做尽丢人的事情，多给人添麻烦，多挨骂，把这些伤害都受一遍，然后才能好好活下去啊。"

我的眼泪就像点滴一样，扑簌扑簌地滴落下来。我盯着老佐的白胡须和深深的皱纹。

"就算给我添点麻烦，也没关系。我才不会对你见外呢。又不是外人。明白了吗，喜久？又不是说没血缘关系，就成不了家人了。我会把你当作家人，该骂的时候就骂。肯定会骂得你一肚子气，骂得你回嘴说'烦死人了臭老头！'"

家人，这个词让我羞耻难当，我还是没法正视老佐。

"所以没关系的。你没必要再有'怕丢脸，怕给人添麻烦'这种想法了。"

我连一点声音都发不出来。不过，一声不吭的我连连点头。

"没事的啦。"

老佐伸手摸摸我的头。我闻到了香浓的酱汁味，肚子"咕——"地叫了。

"什么嘛，这不是已经治好了嘛。"

"肚子饿了。"

"哈哈，是吗？等你出院了，让你吃肉吃个够！"

"嗯。"

我总算敢看老佐了。老佐的胡须还是那么雪白，皱纹还是那么深。啊，就是老佐没错，我心想。老佐就在这里。

　　"还有啊……"老佐把手放回自己的膝盖上，"你肯定是在某个人的期盼下出生的。"

　　不知是谁在走廊行走，传来啪嗒啪嗒的脚步声，大概是个护士吧。要在这个病房里过新年了，我忽然想。

　　"绝对有人是期盼着你出生的，喜久。"

29

还没想过这女孩该叫什么名字。

不过美羽看到宝宝和在一旁不住哭泣的达丽娅的时候，就做出了决定。

"能给这孩子起个和姐姐一样的名字吗？"

"啊……"达丽娅吃惊得出了声。她的小眼睛瞪得无以复加地大，接着又大声哭了。

听到这声音，隔壁房间的男人大喊："吵死人了！"

而达丽娅又以不输给他的嗓门怒吼回去："闭嘴！"

美羽看到这一幕，笑了。她看了眼宝宝，只见宝宝也似乎很惊讶地面朝达丽娅叫喊的方向。生了个女孩，真好，美羽想。

宝宝很可爱。她跟美羽长得惊人地相似。大大的眼睛，粉红色的嘴唇，还有贝壳一样的耳垂。原本就不知谁是父亲，就越发无所谓了。这个孩子是我和姐姐的孩子，美羽心想。

宝宝在吸着奶水的时候，美羽就有一种拥有了全世界的感觉。

看宝宝吸得那么香甜，达丽娅也有一次吸过美羽的胸部。不过——

"根本吸不出嘛！"

两人都被宝宝那么强的力量惊到了。

达丽娅异乎寻常地疼爱这个宝宝。孩子精神很好，开始在夜里啼哭。一次又一次的啼哭终于发展成了一小时哭一次。达丽娅一听见哭声就爬下床哄孩子，就算在半夜里也一样快活地陪伴宝宝。

"你哭什么呀！我明白了，你这是睡傻了吧！那就起床，起床吧！"

另一边，美羽惊讶于养育婴儿竟然是如此辛苦。

肚子一饿就会哭，感到寂寞就会哭，冷了会哭，拉了便便也会哭，甚至困了都会哭。想睡觉了直接睡不就行了吗？可婴儿就是非要哭喊着"想睡觉！想睡觉！"好一阵子才罢休。

宝宝夺走的还不光是美羽的睡眠时间。

生产之后，美羽的小肚子开始垂下去，乳头也变黑，变硬了。或许是因为太过辛苦，整天紧咬着牙关，臼齿缺了几颗，整口牙似乎都泛黄了。肚脐周围生出浓重的毛，扩散到全身。断裂的血管似乎再也不会连上了，她原本白皙又滑嫩的大腿，变成一片黑红。

美羽还以为，无论是增长的体重还是流逝的美貌，在生完孩子之后都会回来的。然而美羽的体形再也没变过。美羽变得很少再看镜子了。

某一天，美羽把哭个不停的宝宝交给达丽娅，冲出房间。

"也不知为什么在哭，连我们俩都搞不懂啦！小美你还是出去换换心情吧！"

隔壁的男人依旧在喊着"吵死人啦"，不断传来捶打墙壁的声音。达丽娅毫不示弱，也会敲着墙壁怒吼回去：

"你不也生过小孩吗！"

美羽从心底里钦佩这样的达丽娅。

时隔许久，再次一个人出门散步，身体这么轻盈，让她很吃惊。在怀着孩子的十个月里，体重是一点点增加的，她连自己原本是怎么走路的都忘光了。生完孩子之后，现在总算能"一个人"走路了，如此轻盈的感觉竟让她有些措手不及。

回过神来，双腿已经自然而然地把她带到了公寓背后的那条河旁。好久没去闹市区了，她本想去那儿转转，可看到公寓玻璃窗上映照出的自己，她又放弃了。

那条河依旧很细，很狭小。尽管里面没有鱼，美羽还是感到闪着光的河底似乎有鱼在摇曳。现在的自己已经不是孤单一人了。有姐姐，还有可爱的宝宝。即便如此，她仍然像小时候逃离父母的争吵，一个人注视着吃泥的鱼时一样，感到彷徨不安。

回到家里，只见宝宝已经躺在达丽娅的肚子旁边，健康百倍地呼呼睡着。达丽娅也睡着了，美羽还担心过那响亮的呼噜会不会吵醒孩子，可孩子没醒来。

美羽看着她们俩，哭了。

过了两个月左右，达丽娅开始工作了。她在家附近的超市里收银，可光靠这个还不够负担起两人的生活和宝宝的诸多开支，于是她开始每周三次去闹市区的小酒吧工作。"在这种只会留下痛苦回忆的地方工作真的无所谓吗？"美羽问达丽娅。

"总觉得，一想起回家就能见到宝宝，看世界的眼光都不一样啦！"达丽娅回答道。

"虽然在那种地方会留下讨厌的回忆，有时候还累得不行，可只要想到家里还有宝宝，就觉得这些都不算什么！究竟是为啥呢！"

自己无法产生达丽娅那种感受，让美羽无比自责。宝宝在半夜哭闹起来，美羽就特别来气，害怕街坊邻居又要大发雷霆，胆战心惊的。带着宝宝去超市，总觉得会有人说，那是没有父亲的孩子。而宝宝又似乎察觉到美羽的心思，哭了起来，美羽甚至觉得这孩子很可憎。对美羽来说，看世界的眼光也变得截然不同。

某天晚上，美羽又在孩子的哭声中醒来了。

自从达丽娅开始工作，美羽大部分的时间都是和宝宝共同度过的。那一天，达丽娅还没有回家。美羽知道她是在工作，还靠着这份工作养活了自己和宝宝，然而她还是无端地怨恨起大概正在和男人一起喝酒的达丽娅。

"怎么了，你怎么又哭了？"

美羽把乳房塞给宝宝吮吸，宝宝却像是不情愿地把脸转向一边。她又气冲冲地看了一眼尿布，没有湿。怎么抱着哄她都止不住哭声。

"怎么了啊？到底怎么了？"

自从孩子出生以来，美羽就没连续睡着超过两小时。她的头总是疼得厉害。

"搞什么鬼？你有什么不满意的？"

你到底想怎么样啊？只见宝宝的脸涨得通红，不断哭闹，哭闹，像是在为什么而生气。

"你在生气吗？你有什么资格生气？你以为我是怀着怎样的心情把你生下来的？我以前那么漂亮，把钱也全都花在自己身上，可生了你之后，全部，全部都没了呀。可你为什么还在哭？你为什么哭啊？究竟有什么不满意的？"

美羽用力摇晃孩子，孩子像是要逃脱美羽的手掌，背向后仰着，把手伸向空中。哭闹。哭闹。

"你究竟，有什么不满意的！"

宝宝的声音越来越大，大得让人绝望。"吵死人了！""给我适可而止啊！"不光是隔壁那个男人，不知从另外哪个房间里，也传来男人的叫喊声。

美羽想起了过去那些夸奖自己可爱、漂亮，送给自己许多礼物的男人。归根结底，他们并没有为美羽做过任何事情。那些男人只是把能夺走的都夺走，然后一去不返。然而现在的美羽，却发自内心地渴求那群男人。只要一颦一笑，就会被夸奖可爱又美丽，光是这样就能得到些许回报。她渴求着这样一群男人。

可看自己臂弯中的婴儿呀，无论自己给予她多少，再怎么付出，她也只会哭闹不止。究竟有什么不满意的？你要从我身上掠夺走多少东西才肯罢休？

她不经意间，丢下了宝宝。

宝宝掉在地板的坐垫上。下一个瞬间，宝宝立即安静下来了，美羽在惊恐中头晕目眩。我终究还是动手了，美羽想。

然而，宝宝就像被点上火似的，再次爆发出哭声。

"吵死人了！"

"我宰了你！"

"让她别再哭了！"

美羽一点声响都不敢出，她全身颤抖着，冷汗止不住地往外冒。

美羽冲进厨房，把能找出来的餐具都拿了出来。塑料杯子、买面包赠送的白碟子、烧焦的单把锅、握把已经烂掉的开水壶、画着奇怪角色的咖喱餐盘、写着"亲不孝"的咖啡杯。接着她像发了疯似的，开始往这些器皿里挤自己的奶。奶水发出滋滋的响声，滴落在餐具中。飞溅和溢出的奶水沾湿了桌子，弄脏了美羽的脸。

婴儿的哭声还没停。

宝宝不肯吮吸奶水，胸部很快就会涨得难受，越来越疼。宝宝用力吮吸了奶水，乳头就变得又大又肿，十分丑陋。

自己不能继续留在这孩子身边了。

美羽一遍又一遍地压榨出自己的乳汁。也许是因为留了指甲，还划伤了乳头，渗出血来。她一旦发现自己已经坚持不下去了，便取出一个大背包，开始往里面装东西。内衣、洋装，能往里面塞的只有很少的东西。我的生活是多么简陋，多么穷酸啊。我明明还这么年轻，镜中的自己却是这么丑陋。

当她拎着背包站起来时，奇迹般地，宝宝的哭声停止了。

啊——呜，叭呜呜，呜呜，啊——

宝宝嘴里吐着莫名其妙的牙语，又看着美羽，向她伸出手指。

眼泪夺眶而出。真可爱，真可爱，好喜欢。你是我的宝宝。

美羽并没有抱起婴儿，她找了支笔，在一张广告纸的反面潦草地书写起来。"姐姐"，她写上这两个字，停下一小会儿，又写上"对不起"。

接着她写上："这孩子就拜托给你了。"

她本想再写一句我爱你，却始终无法下笔。

我刚才竟然想对宝宝，对这么可爱的宝宝痛下杀手。

美羽双手颤抖着，胡乱穿上鞋子，接着又踩着鞋子走回到房间，盯着宝宝的脸看了五秒钟，然后像子弹一样冲出家门。

宝宝还在坐垫之上，"啊——呜，啊啊啊"地，不知在说些什么。

真是个漂亮极了的宝宝。

_30_

肉子刚踏进病房，老佐就与她错身而过，回家去了。

"我走啦，喜久。会再来看你的。"

"嗯。"

那时候，我已经止住了哭泣，插在手臂上的点滴，还剩下四分之三左右。

"小喜久！你醒啦！没事吧！"

没有其他人在真是太好了。肉子的声音在病房回荡着。

"我没事。"

"是吗是吗是吗？不过毕竟动了手术，肚子上留了一个小伤口呢，不过已经没事啦，不会再痛啦！"

"嗯。"

肉子大概是太过亢奋，紧抓着我的手不放。天气明明这么冷，她的手却潮乎乎的，特别温暖。肉子的手，肉嘟嘟的。

我刚想说让你担心了，对不起，可是——

"小喜久，对不起呀！"肉子却先开口道歉了，"你肚子那么疼，我竟然都没注意到！"

肉子像是也被自己的大嗓门吓到了，瞪圆了眼睛。亏得那双小眼睛还能瞪得溜圆。之后，眼泪就一点点渗出来了。

"对不起，对不起呀！"

又不是肉子的错，是我总忍着不告诉你呀，住院费很贵吧？你这么忙还添乱，真对不起。

我有好多好多想说的话，却说不出来。我怕我一开口，就又会哭个不停。

"不过你已经没事啦，对不起呀！"

肉子的哭丧脸，真是太夸张了。眉毛挤成八字形，鼻涕四溢，张开的嘴巴里，露出好多牙来。还有那几根土到掉渣的刘海在轻飘飘地摇晃着。我本要跟着她一起哭的，可看到她的脸，就忍不住差点笑出来。

"肉子。"

"怎么了？什么事呀，小喜久？不舒服吗？"

"没有啦。肉子你——"

"什么事？"

"你不是我的妈妈吧？"

"啊……"肉子惊呼一声，就僵硬不动了。由衷的惊讶让她发不出声来。我看着她的模样，大笑起来。

肉子难道还以为不会穿帮吗？

简直难以置信。再说了，名字念法一样的母女，怎么可能存在呢？

"小喜久……"

"其实，我大概四岁的时候就知道了。"

"咦咦咦咦！"

"有那么惊讶吗？我们根本长得一点都不像嘛。也从来没见过亲戚呢。"

"小喜久……"

"还有那张照片，我也看到了。就是肉子和另一个女人的照片。那个人就是我的妈妈吧？"

"小喜……"

"一看就明白了，因为和我长得一模一样呀。"

"小喜久……你从四岁就知道了？"

"四岁可能有点说早了，不过，嗯……大概是幼儿园的时候明白的。"

"然后一直瞒着我……到今天？"

"也不是偏要瞒着啦……"

"啊！"

肉子好像突然想到了什么事，连忙抓住我的手。

"小喜久，所以你才不叫我妈妈，是吗？你一直都直接叫我肉子……"

这到底是什么样的跳跃思维啊？煞有介事地想到的竟然是这件事。

"嗯……总之，算是一部分原因啦，不过还是叫肉子更合适呀。"

"小喜久……"

"还有，肉子……"

"什么？"

"最近你一直都在和人通电话吧？"

"唔……"

"没必要故意躲着我的。就堂堂正正地打电话好啦。我对你一直都很感激。明明不是亲生的孩子，还把我好好养育到今天，何况，今后还要给你添麻烦呢。不过，我真的好感激你。所以不要太过顾虑我的想法啦。"

"唔嗯。"

"是那个大阪烧的男人吧？"

"咦？"

"大阪烧男。"

"那是什么？新的恐怖故事[1]？"

"不是啦，你又交了新男朋友吧？"

"咦？"

---

[1]日本的都市传说类恐怖故事，有很多是以"××女""××男"的方式命名，比如"裂口女"等。

"就正大光明地打电话好了。肉子你只要做自己就行，去找到自己的幸福吧。我可是发自内心地祝福你哦。"

"男朋友？什么？"

"咦？不是男朋友吗？跟你打电话的人……"

"唔嗯……"

"不方便说吗？"

"小喜久……我说了你不要太受打击……"

"咦……嗯。"

"你瞧你！"

"没关系啦。"

"那些电话……其实是打给……你的亲生妈妈的。"

"什么？"

心脏咚地漏跳一拍。光是这一个细微的动作，就让我的肚子又绷紧了。原来真的动了盲肠手术呢，我胡思乱想起来。

"受打击了？受打击了？不过啊，不过啊，那孩子，她真的真的好喜欢小喜久的！"

"……"

"就连那样的，那样的小美都结婚了，听说她最近终于生了个孩子呢！小美也终于成了个大人，被人所爱，也明白孩子究竟有多重要了。并不是说小喜久对她就不重要了噢！她是从心底里期盼着你的，是真的，她说想要个宝宝的时候，还哭了呢！只不过那孩子当时太年轻了。她肯定吓坏了！但是，当她到了这个岁数，又生了孩子，才明白当初自己做了多过分的事。她总算明白了小喜久究竟有多重要，她总算明白了呀！"

"过分的事……就是把我抛弃了吗？"

"噗呜！"

"还有，妈妈的名字是叫小美吧？"

"噗呜呜！"

"没关系的，告诉我吧。"

"不是的啦，不是抛弃你，不是抛弃你啦！是她承受不下去了，那孩子太年轻，真的，她其实是个老实的好孩子……"

老实的好孩子会把亲生女儿抛弃掉吗？

"那么……我的父亲呢？"

"噗呜。"

"不知道是谁吗？父亲……"

"大概是，那个，大阪的……某个人……"

"原来是不确定的多数群体啊。"

"噗呜呜！"

"真是过分啊。不过无所谓了。然后呢？"

"然后，小美和我就住在一起了，有一天我回家，发现只有小喜久在家了……"

"人不见了呀，是逃跑了吧？"

"不是逃跑啦！那个，怎么说呢……肯定是因为特别害怕！她真的特别特别珍惜小喜久的！现在也一直，一直都在想你，刚才我已经说过啦！"

"所以呢？"

"噗呜？"

"所以她在电话里说些什么呢？"

"那个……"

"说想要见我吗？"

"不是的！再怎么说，她也没脸再来见你了。她说只想知道孩子过得好不好。只想知道小喜久有没有在健康成长。她可厉害了！你猜她怎么知道我们的电话号码的？她雇了侦探噢！就像电视剧一样吧！那孩子一定是跑遍了全国每个角落在找我们！就说明她真的把小喜久一直放在心上呢！运动会时她也来看了！"

我想起运动会时，那几道莫名其妙的闪光灯。虽然也可能是学校的摄影师，但我很肯定，当时在拍我的就是我的"母亲"，名叫小美的，生出我来的女人。

"肉子，你那时候捧着饭团去了一趟厕所对吧？"

"唔呃。"

"哑口无言了吗……你是把饭团送给那女人去了吧。"

"小喜久，你怎么会那么敏锐的……"

没见过你这么迟钝的人啦。

我调整了姿势，从正对面望向肉子，肉子的眉毛依旧是个清晰的"八"字。

　　"小美好像是特地从神户赶过来的噢，就只是为了在运动会上看一眼小喜久！然后呀，她一边吃饭团一边哭了！她说，小喜久长得那么可爱，成了这么出色的孩子，真是太好了。不得了，她哭得可厉害了！那么年轻漂亮的小美哭个不停呀。呜呜，还说是出色的孩子呢……小美她……"

　　肉子这个人真是的。

　　"我就这么说了：我不知道小喜久算不算幸福，我只是全力以赴地去做能为小喜久做的事情而已！"

　　肉子这个人真是的。

　　"不过啊，小喜久，你要是想见小美，要是想和小美一起生活，说出来也没关系！我这个样子，根本不是个合格的母亲……小美现在和有钱人结婚了，好像很幸福，要是小喜久想和她一起住的话，肯定会……很开心……的……只不过……嘤嘤嘤，我会……有，有，有点伤心……呜呜，咕咕，不过，只要小喜久，只要小喜久你……能幸福的话……"

　　肉子这个人真是的，怎么蠢成这样啊？

　　怎么会，怎么会，怎么会是这种傻瓜呢？

　　太蠢了。简直是大蠢货。鼻涕从涨红的鼻子里汹涌地往外冒，眉毛挤成了八字，嘴里有数不清的银牙，眼泪流得跟瀑布似的，擦着眼泪的手上，怎么都是伤痕呀？

　　"肉子。"

　　"噗呜呜呜呜呜，小喜久！"

　　"我才不想变成肉子你这种人呢。"

　　"噗呼呜呜呜呜呜！"

　　"替别人养孩子，老是被渣男哄骗，到最后还要为丢下孩子落跑的人说好话。"

　　"噗呼噗呜呜呜呜呜呜！"

　　"自己却一贫如洗，只能买些便宜又老土的衣服。"

　　"噗呜呜呜呜！"

　　"又胖，又丑。"

　　"噗呜……"

　　"说的笑话一点都不好笑，脑袋也不灵光。"

　　"那个，小喜久……"

　　"我绝对，绝对，绝——对——不要变成肉子你这样的人。"

　　肉子用她满是伤痕的肥厚双手捂住了自己的脸。的确很丑。肉子戳在那里的模样，特别丑。

　　"不过啊……"

　　我握住肉子那沾满鼻涕和眼泪的手。我与肉子形成了鲜明的对比，我一点都没哭。

　　"我最喜欢肉子了。"

　　听到这句话，肉子的脸就哗地一下凑到了我的床前，就好像一只硕大的大福团子从天而降。

　　"哇啊啊啊啊啊啊啊啊，哇啊啊啊啊啊啊啊，小喜久呜呜呜呜呜！"

　　"我最喜欢你了，肉子。"

"哇啊啊啊啊啊啊啊啊啊啊啊，哇啊啊啊啊啊啊啊啊！"

"肉子。"

果然没错，病房里没有其他人真是太好了。

"最喜欢你。"

"哇啊啊啊啊啊啊啊啊啊啊啊啊啊啊啊！"

抬起头来的时候，肉子那张脸已经超越了丑陋的范畴，效果几乎是特摄剧级别。我很想哭出来，但一看到肉子，就怎么都想大笑。她会让人由内而外地流露出开朗的笑容。肉子就是这么一个人。

"最喜欢你了。"

"哇啊啊啊啊啊啊啊啊啊啊啊啊啊啊啊啊啊！"

因为实在太丑了，我不由得把视线从肉子身上移开。对不起。不过，多亏这个眼神，我才瞥见了窗外的白色。

"啊……"

下雪了。好白。雪原来有这么白吗？雪花只要降下一片，之后就接二连三、源源不绝地飘落下来。

哇啊啊啊啊啊啊啊啊啊啊，哇啊啊啊啊啊啊啊啊啊！

果然好帅啊。下雪好帅啊。

肉子在我身旁，不知哭泣了多久。

_ *31* _

✍

失去家人的三胞胎也知道今晚是圣诞节。

不知从何时开始，圣诞节已经变得比元旦更热闹了。他们也听说，在这个节日里，圣诞老人会送来自己想要的东西。

三胞胎有一个愿望，只有一个，但不知道会不会有一天能实现。即便如此，已经死去的三胞胎还是会等待。他们会坐在渔港旁，望着大海，不知疲倦地等待家人从海的那一边归来。永远等待下去。

32

肉子在旁边那张床上睡着了，大概是哭累了，就像个婴儿一样。

"唑咕噢噢噢噢噢咿。唑咕噢噢噢噢噢噢噢咿咿咿咿咿！"

已经得到了护士的特别许可，肉子可以在这个病房过夜。

刚才她还在嚷嚷说，还是第一次睡床呢，可刚躺下才几秒钟，就开始打鼾了。怎么看都不像那个几分钟前还莫名其妙"哇啊啊啊啊啊"地号泣着的人。

肉子从家里给我带来了好几本小说，全都是已经读过的。《月亮与六便士》[1]《蟋蟀》[2]《孤独及其所创造的》[3]，还有运动会时借来的

---

[1]英国作家毛姆作品。

[2]日本作家太宰治作品。

[3]美国作家保罗·奥斯特作品。

《峠》（上）。

把《峠》（上）借给肉子的老爷爷说"很适合你，就给你吧"。"适合"《峠》（上）的女人，究竟是何方神圣啊？

这还是我最近才读过的。

既然是肉子给我带书过来，肯定是这么选的吧："给小喜久带几本书过去好了！啊，我认识这本书，这本我也见过！这本也是！"

既然"认识"和"见过"，就代表我已经读过了啊，当然她是不会在意这些细节的。

虽然我喜欢把同一本书反复读好几遍，但刚翻了几页就作罢了。我打开了摆放在床边的电视机。反正也交过住院费了。能用的东西不好好享受一下就是浪费。

就在这时，我手一滑，遥控器掉了下去。哐啷一声，遥控器滑到了旁边那张床底下。

"糟糕。"

我刚脱口而出，就回想起和老佐，还有大家一起分享牛板腱的滋味。那味道真是"厉害"。

想起这一幕的瞬间，泪水就扑簌地流了出来。

自己都吃惊了。

这种情绪并非悲伤，也并非感动。但是，我仿佛在与一种无从知晓、过分庞大的事物对峙一般，胸口颤抖不止。

我被某种力量震慑住了。

在肉子的面前，我表现得冷静到让人害怕。而现在，我终于哭了。泪珠接二连三地滴落，就像窗外的雪花一样。

"其实呀，我本打算连汉字都用一样的，就叫菊子算了。不过，我去开户口的时候，偷偷把汉字换掉啦。这点小事，没人会介意的吧？喜久子。写作'喜悦长久的孩子'，读作喜久子！"

说完这段话，我的妈妈就哭了，她现在就躺在我身旁，鼾声大作。

今天，是圣诞节。

_ *33*_

❂

　　大家可能都是第一次到医院探病，全都兴奋极了。

　　真里亚送来了漂亮到令人难以置信的鲜花，里沙把从真里亚那里借漫画的排序优先让给了我。金本同学带来了喜欢的综艺DVD，发现在病房看不了碟片，她就一五一十地把笑点都演出来了，还没开演她自己就笑起来了，一点都不搞笑。

　　"小喜久，怎么样？很搞笑吧？"

　　"很搞笑呀。"

　　"不过，你好像没怎么笑？"

　　"我一笑，伤口就会疼啦。"

　　多亏了盲肠炎。这个借口估计还能用个半年左右。

　　所有来探病的人，都很想看手术的伤口。

　　连麻希小姐都想看，真是让我吃惊。我一直觉得她应该是个更成熟的女人呢。不过我又立刻回想起了大说 *DUPE* 坏话的她。

"正儿八经的大人啊，一个都没有的。"

老佐完全超过了大人的程度，已经是个老头了。变成老头之后，才终于能成为正儿八经的人吗？说到底，正儿八经的人究竟又是怎样的人呢？

露出肚子给大家看，大家都"呜哇啊"发出惊呼。果然是一群小孩啊，我心想。不过，别人说要看就得意扬扬地展示伤口的自己，也只能算个小孩。

二宫在我出院的前一天来了。

"你现在也差不多对探病的人有点看腻了吧？所以我才要专挑这个时候来。"

他说得好像很有道理，其实根本莫名其妙。

二宫带了塑胶模型给我当礼物，那就是我之前给他的城堡模型嘛，况且在出院前一天收到礼物也实在微妙，我严词拒绝了。

"你还在做模型吗？"

"在做呀。现在可是寒假呢！"

是寒假又怎样？只见二宫来回挠着脑袋，舌头一会儿伸出来，一会儿缩进去。

接着不知为何，还发出"吧唧吧唧吧唧"的怪声。

我想起了那个诡异的灵媒师达利西雅。那个大喊着"大家都是家人"，长着胡须的达利西雅，跟在病房里边看电视边笑的肉子的身影重合起来。

忽然传来"哗啦"一声。定睛一看,是房檐上的积雪坠落发出的声响。

"二宫,你……"

"怎么了?"

"真的好奇怪啊。"

"为什么?"

"因为你对其他人又不会露出奇怪的一面。"

"跟你在一起更加轻松一点吧。"

"为什么啊?"

"因为你也特别奇怪呀。"

"我?哪里奇怪了?"

"你不是总在自言自语吗?有海鸥飞过的时候,你会'嘎嘎嘎!'地大喊,看到蜥蜴,就会大喊'要迟到了要迟到了要迟到了'。"

"……"

"我觉得你才奇怪得多呢。"

"可是,这样说才更加热闹嘛。"

"你这算是什么理由嘛?噗!"

二宫把腮帮子鼓足了气。因为鼓气太用力,唾液吱地飞溅出来。二宫嘴里总是攒满了口水,说话一亢奋起来,两边的嘴角还会咕噜咕噜冒出泡泡来。我已经警告过他,哪怕一次都不能在女生面前这么说话,绝对不能。

　　二宫把嘴巴张大，朝着天花板拼命伸长脖子。病床的不远处有一个暖炉，炉上的开水壶正发出咻咻咻的叫声。

　　"啊——从刚才开始就超无聊！"

　　"二宫……亏你能坚持到现在……"

　　"医院真无聊啊。噗啊！噗啊！"

　　二宫把双手完全展开，瞪出眼珠，大叫起来。

　　"你快点出院了啦！"

　　我回想起二宫做的，漂亮到极点的模型。

　　尽管晚了几天，但出院不久后，我就和肉子一起去色色神社做了新年初拜。

　　从明天开始就是新学期了，大家都寄来了不少贺年卡，当然了，我一张都没写。这也可以用盲肠炎做理由搪塞过去。

　　有好几个人来神社新年参拜。看到有个牵着许多狗的人走上阶梯，我立即认了出来，是金子先生。

　　"小喜久！你许了什么愿？"

　　"哎？愿望还是不告诉别人比较好啦。"

　　"那就把我的告诉你吧？"

　　"你有在听我说话吗？"

　　"我的愿望啊……就是……保，密！"

　　"真的好烦人。"

"写作'人呆'和'宓山',读作保密呀!"

"宓山是什么东西啊?"

沿着阶梯往上走的时候,我忽然想起了摄影师。几个月前他在这里的景象,简直令人难以置信。还有那个漂亮的女孩曾经坐在这儿,也仿佛是在梦中见到的。

明明只是几个月前发生的事,却让我觉得,现在的自己和当时的自己已经截然不同。想到这个,甚至觉得有点不可思议。我的胸依然是飞机场,腿还是很细,头发也没变长多少。不过,当时的我已经不存在了。这种变化仿若是奇迹。

金子先生牵来的几条狗,有的猛扑向香火钱箱,有的啃咬着大钟上的绳结,几乎无法无天。大概又是别人家的狗吧。一定是金子先生在代为照顾。"做主人的没把狗管教好!都是因为你的懈怠,才会让大家都讨厌小狗的!"主人一定会挨上这么一顿痛骂吧。

我特别喜欢金子先生。

肉子跟我并排着,双手合十。肉子不太懂神社该怎么参拜,眼神闪闪烁烁地朝我这边瞟。闭上眼睛,从远方的某处传来了"吱吱"的猴叫声。我偷偷笑了几下,尽量不让肉子看见。

"小喜久,你许什么愿啦?"

"你到底有没有听我说的话?这种事情是不能告诉别人的。"

"妈妈一合上手掌,脑袋里就一片空白,只来得及说了一声

'你好'呀！"

"蠢死了。"

"实在太可惜啦！"

"不过，我也有点理解你。"

肉子原本想径直回家去，却在我的邀请下一起去了渔港。肉子不停念叨着"好冷，胖子也会冷的啊"向我求饶，我就当没听见。

"你也必须得运动一下啦。"

三胞胎不在。

渔港里一个人都没有，无比寂静。只听见波浪的声响，时不时还会发出"唰啪"的夸张响声。大海非常蓝。

"真的是大海啊！"

"你那算什么感想？"

我望着海沟，就是一片蓝色中，色泽更加浓重的那片位置。那里一定有沙丁鱼卷着漩涡在洄游吧。我想象了一下自己冲进沙丁鱼漩涡中的景象。沙丁鱼群一定会唰地四分五裂，又恢复原状，就像组成了一只大动物。

"肉子。"

"什么事？"

"再去一次水族馆吧。"

"好呀！去见企太吧！"

"然后，回家的路上喝杯咖啡，晚上在家里做肉酱意面吃吧。"

"好呀！肉面！"

"肉面听上去太土了啦。"

"就是要这么说，才有想吃的欲望啊！回家吧回家吧回家吧回家吧！"

肉子牵住我的手。外面天寒地冻的，肉子的手依旧十分暖和。

刚踏进院子里，肚子就疼了起来。

"肚子疼。"

"咦！是还没有完全恢复吗？是刚才累着了吧！"

"没关系，和那种疼不一样。"

肉子牵着我的手，缓缓打开家门。

脱下鞋子，走向厕所的时候，我就已经有了预感。明确的预感。

脱下内裤之后，我也十分坦然。

不觉得害怕，也不觉得羞耻，我的情绪不是其中任何一种。

"小喜久，没事吧？没事吧？"

门的另一边，肉子聒噪极了。我轻声说了句"嗯，没事。"然后盯着染红的内裤看。

"肉子。"我呼喊她的名字。

"怎么了？"肉子打开门。她看见了我褪到脚边的内裤，又看见我呆坐在马桶上的模样。

"小喜久。"

我望着肉子，笑了，接着又瞥了内裤一眼。

上面沾着鲜红的血液。

太过鲜红，甚至有些泛黑。是我的，也是某个人的鲜血。

肉子倒吸一口气，第一次，用小小的声音对我说："恭喜你。"

全文完

后记 / 1

　　肉子与喜久子母女所居住的渔港，脱胎于宫城县石卷市。在故事设定的阶段，原本是日本海旁的某个渔港，这个概念逐渐进化，才成了完全架空的一个渔港。最早的时候，我去了编辑日野淳先生的故乡石卷市，与同样是编辑的木原和泉小姐三人同行，那次旅行就是这个故事诞生的契机。

　　我们拜访了日野先生的老家，还麻烦了他的父亲驾车，把石卷整个逛了一圈。那里有气派的水产加工厂、安放着巨大轮船模型的公园、可爱的商店街、有点奇怪气氛的风月街。晚上，日野先生的同学还带我们去了美味的餐馆，之后还去了有女孩工作的夜店。那里的鱼非常鲜美，女孩们特别可爱，酒价便宜到让人目瞪口呆。我们在石卷留宿一夜，接着又去松岛转了一圈，吃到了非常美味的寿司。

来到女川的渔港时，我们发现了一间小小的烤肉店。"哪怕渔港的鱼再鲜美，偶尔也会想吃点肉吧。"我会心一笑地想。回程的路上，那家烤肉店在我脑海中萦绕不去。要是那家店里有个特别胖又特别开朗的女人在工作，一定让人很愉快，我一直在想象这场景。要是镇上的人，渔夫们、商店街的人们，甚至小孩子们被那个女人所吸引，全都聚集到烤肉店去就更好了。

那个特别胖又特别开朗的女人后来就成了肉子。而渔港的人就成了老佐、麻希小姐，还有善治先生。

这就是《鱼河岸小店》诞生的故事。

开始创作几个月之后，正当故事在 *papyrus*[1] 上连载时，发生了地震。

至于石卷和女川变成什么样了，想必大家也都知道了。

我并没有在小说中挑明"这就是石卷"，这个故事其实发生在根本不存在于现实世界的城镇上。而作为原型的城镇，况且还是编辑的故乡，变成了那副惨状，我继续连载这本小说，会不会让他太过伤心呢？我也曾经这么想过。但日野先生对我说："继续写吧。"

在地震发生之前，我就明白，写小说就好像捏一个饭团，有时无论费多少劲都无法尽如人愿。不，我是"自以为"明白了。可那场地

---

[1]*papyrus* 是幻冬舍的文艺杂志。

震，还是把我身为作家仅存的那一点惹人生厌的自负，彻底打碎了。

最后只留下了《鱼河岸小店》这个"故事"。还是不要去想它究竟会对谁有益了。我能做的，就是好好珍惜这个辛苦完成的故事，好好珍惜多亏熠熠生辉的石卷市才诞生于世的《鱼河岸小店》。写出这本书的我，需要负起一切责任。因此，最爱这个故事的人，也是我自己。

如此心爱的作品，要是有我之外的人来阅读，简直就像一场奇迹。这再也不是我"自以为"理解的范畴，我时刻想象着某个读者翻动书页的瞬间。

你在阅读《鱼河岸小店》的情景，一直以来都在我的遐想之中。

后记 ／ 2

　　这本书发售一阵子之后，居住在宫城县女川町的 K 先生给我寄来
了一封信。

　　信中写道，他已经仔细阅读过《鱼河岸小店》，而我在后记中所写
的，作为故事原型的烤肉店里，真的有一位酷似肉子的老板娘。她开
朗到了极点，就好像当地人中的太阳一般。而她不幸在震灾中去世了。

　　我在渔港看到那家店，才触发了一连串想象，这件事不假，可我
真的不知道那家店里，确实存在像肉子一样的女性。

　　K 先生也在女川町遭遇了地震，所幸平安无事，他所在的水产加
工公司据说也重新开始运营了。我给 K 先生也寄去了回信。又过去一

年之后的春天，我去见了 K 先生。因为我听说那家烤肉店的老板打算在临时棚屋中重新开店，特别想尝一尝那烤肉的味道。我与编辑木原和泉小姐以及为文库版撰写解说的日野淳先生一起前往了宫城县。

来到约见地点的 K 先生，很难想象已经是年逾七十的人，他是个非常年轻又容光焕发的绅士，似乎还是地方名士。我们把所有想去的地方告诉 K 先生，他立刻爽朗地答应了。真是非常帅气的老先生。

女川的景色完全变了。视野所及之处全都成了荒地，到处都是被冲得七倒八歪的房屋。

"烤肉店以前就在那个地方。"

往所指的方向看去，那儿已经什么都没了。

不过，开在临时棚屋里的烤肉店，却热闹非凡，是一家很棒的小店。

老板把《鱼河岸小店》的封面裱起来挂在墙壁上。

他还给我看了老板娘的照片。照片上的人一脸福相，是个非常惹人喜爱的女性。

我不禁开始想象老板娘在这儿受着许多人的喜爱，里里外外忙个不停的模样。后来，我们喝了 K 先生带来的当地名酒，吃了烤肉，与同席的当地人聊了许多话题。大家真的很快活又很友好，劲头十足，几乎让我自己都感到羞愧。

这段故事写成文字就显得我很狂妄自负，又太过戏剧化，我也能够接受大家的想法。对我来说，写这篇小说就是在写全世界的"肉子"

们。

我们总有一天会死去，从这个世界消失得一干二净。

但是，我们的思念，我们确实"存在于此"的瞬间，一定是可以留下来的。在我心目中，熠熠生辉的石卷、女川便永不会消逝，就好像"肉子"存在的那个瞬间一样，绝对不会消散。把这些"瞬间"一层层重叠，留在这世上，我觉得这就是写小说的意义吧。

我要书写全世界的"肉子"们。

我要感谢让我坚定今后作家方向的 K 先生、烤肉店老板，还有在女川町邂逅的所有人，我更要感谢那位出色的老板娘。

木原小姐、日野先生，感谢你们给我带来这些美好的相遇。有你们的陪伴，我才能写出《鱼河岸小店》这本书来。

最后，我还要由衷地感谢阅读《鱼河岸小店》的你。多亏了有你的阅读，"肉子"才能更坚强地存活在这个世界上。

西加奈子